アンドレ・ドーテル

訳＝武藤剛史

夜明けの汽車
その他の物語

目次

夜明けの汽車 その他の物語

アンドレ・ドーテル著

武藤剛史＝訳

親しいマルチニャンよ

君はわたしのことを、何でもかんでも秘密めかしてしまうと非難するばかりか、この点についてはどんな申し開きもできないだろう、などときびしいことを言う。ところが、手ぐすねひいた奇術師よろしく、わたしが反論をかわしてしまうと君が言い張るとき、じつは君はわたしを買いかぶっている。なぜって、この問題に、わたしはほかの誰よりもしつこく悩まされているのだからね。もう一度繰り返して言うが、わたしの考えでは、この世にはどんな神秘も存在しない。事はそれよりもずっとやっかいなのだ。

まず知っておかねばならないのは、すべてははるか彼方にある、しかも永久にそうだということである。このことを知らなければ、人生の真実は失われてしまうだろう。わたしたちにできるのは、ただ彼方を見つめることでしかない。そして彼方にこそ、ときにわたしたちにとって大切なひとや物が存在する。そもそも、わたしたち自身の存在からして、彼方にこそある。つまり、わたしたち人間の起源そのものが、夜空にきらめく銀河のどこかにすっかり紛れてしまっているのだ。

けれども、わたしたちはこのことを認めようとしない。ただ子どもたちだけが、彼方の存在を認める。とはいえ、この彼方とは無限への眼差しから生まれる純粋な真実であって、わたしたちが安売りする例の神秘などではけっしてない。

いまでも思い出すが、まだとても幼かったころ（五歳か六歳だった）、家族の知り合いのなかで一風変わった（少なくとも、そのころのわたしにはそう思われた）人物が三人いた。

まず治安判事。まるまる太った赤ら顔を白いひげが覆っていて、いかにもりっぱなひとに見えたものだが、とはいえ、このひとにわたしはあまり興味がなかった。なぜといって、わたしはカエルの腿が好きだったのに、このひとはザリガニとバラの花が好きだったのだ。けれども、ほかのふたりの人物によって引き起こされた驚きは、いつまでも消えなかった。

アダン夫人は長らく家政婦をしていたが、わたしが物心ついたころにはそれもやめて、二十世紀初めの新聞小説でよくお目にかかるような、お針子の貧乏暮らしをしていた。ところがふしぎなことに、わたしの両親はこの女性に深い尊敬の念を抱いていたのだ。そのうえ、両親が夫人を訪れるときには、かならずわたしもお供をさせられた。それはふつうの訪問ではなく、おごそかな訪問の儀式ともいうべきものだった。訪問のまえに、両親はわたしに、彼女を貴婦人として敬わないといけないと言いふくめ、「あのひとはアダン夫人ですよ」と何度も言うのだった。そのうえ、両親はわたしに手袋をするようにと言ったが、その手袋ときたら、一生懸命に引っぱってやっとはめることができるほどに窮屈な代物で、さもなければ手袋の名に値しないと両親は言うのだった。

もうひとりの家族の知り合いというのは、医者のボーディエ先生だった。この先生のことは、いまでは誰でも知っている。先生は、重い病の床にあったランボーを診察したり、クロームにおもむく途中で溝のなかに倒れていたヴェルレーヌを助け出したりした。念のために言っておけば、わたしは当時、先生にまつわるそうした文学上の込み入った話はまったく知らなかった（たぶん、先生自身もそんなことにはさほど興味はなかったろう）。

けれども先生のように、どんな文学的なるものとも無関係でありながら、しかもりっぱな尊敬すべきひとに、わたしは今日にいたるまでひとりとして出会ったことがない。わたしにとって、先生はまさに驚くべき人物だった。

ところでこの話の要点は、子どもじみたたわいもない心象世界などにあるのではまったくなく、逆にそうした心象をぶち壊そうとする若さゆえの破壊意志にこそある。

お察しのとおり、当時のわたしは反抗期の真っ最中で、みんなにいつもこう言われていた――「まったく、この子は誰に似たんだろう」。まるで、わたしの先祖がまともではないみたいな、あるいは、わたしがまったくのできそこないでもあるかのような（それはままあることだ）口ぶりだ。もちろん、こんな悪口を言われても、わたしはそれを気に病むどころか、内心得意だった。そんな具合だから、この〈できそこない〉は手袋をしてアダン夫人を訪問することにはとても耐えられなかったし、ましてや催吐剤や肝油を持ってやって来るボーディエ先生の往診などは、まったくがまんできなかった。

それにもかかわらず、わたしを憤慨させるこのふたりの人物がますますすばらしい人間に思われてきたからふしぎである。両親によって貴婦人に祭り上げられたアダン夫人に会いに行くわずらわしさや、わたしの胃にたいしてボーディエ先生が下す不吉なご宣託など、どうあっても受け入れる気にはなれなかった。ところが、アダン夫人に腹が立てば立つほど、夫人の一分の隙もないドレスに、わたしはますます驚くばかりだったし、ボーディエ先生のまえに出ると、感嘆の気持ちでうっとりするほどだった。長方形に生やした白いひげは、まっすぐに背筋を伸ばした先生の上品な体つきにみごとに調和していた。そのひげのおかげで先生の顔が引き立って見えたというのではないが、それは異様なほどに内面的な光を帯びた厳粛さを先生の表情にもたらしていた。

かといって、このふたりの人物の威厳に、わたしが圧倒されっぱなしというわけでもなかった。たとえば、このふたりのおせっかいな善意に、わたしは腹を立ててばかりいた（じっさい、この善意はわたしにしばしば実生活上の災いをもたらすのだった）。このように、ふたりは威厳にあふれていると同時に不愉快で、ほとんどいまいましくさえ思われたのだが、ふしぎなことに、そうなればなるほど、このふたりの人物はわたしの心に〈果てしない〉興味を呼び覚ますのだった。

そう、親しいマルチニャンよ。わたしが言いたいのはまさしくそこなのだ。このふたりの人物は、わたしにとって神秘的だったわけではなく、むしろその反対だったと言ってもいいくらいだ。ところが、このようにふたりにたいするわたしの感情が引き裂かれていたために、そのうえ、ふたりの人格までがつねに分裂しているように思われたために、ふたりの存在そのものが〈謎〉になってしまったのだ。

ふたりのことを、わたしは永久に忘れることはできないだろう。

謎とは神秘ではないんだ、親しいマルチニャンよ。それは、人間の精神を魅惑し、世界をもうろうとしたものに思わせ、いつの間にか、そこにかりそめの解答らしきものを忍び込ませるようにとわたしたちを誘う、あの「神秘」という決まり文句とは何の関係もない。

謎は正確なデータをもたらし、わたしたちはそのデータを、どんな人間の場合でも、また多くの事物の場合でも、はっきりとらえることができるが、とはいえ、それは計り知れない時間の流れを通じて、つまりはほとんど永久に、解読不能なままなのだ。謎は何の価値もないばかりか、妖精物語にもまったく縁がない。こうした謎がわたしたちの目のまえにありながら、しかも〈果てしない〉としても、それがわたしの罪だろうか。

そうはいっても、親しいマルチニャンよ、この点について、わたしが自分の正しさに確信を持っているなどとは想像しないでもらいたい。こうしたことを書くのも、わたしが新しく発見した謎を、ぜひ君にも聞いてほしいと思うからなのだ。

昔、そして永遠に

親しいマルチニャンよ、昔、外国から戻ってきたばかりのころ、わたしはどんな人間でも死ぬほど退屈してしまうような片田舎に閉じ込められた日々を過ごしたことがある。そんな毎日、わたしはあちこちの街道や小道を歩き回ったものだが、思えばあのころ、この閉じ込められた世界からの脱出口を無意識のうちにも絶えずさがし求めていたらしい。遠くに見えるふたつの美しい丘、そしてなだらかに続いて空に達する平野の広がり、それをすばらしいと思ったのも一時にすぎなかった。当時わたしは、何にもまして、ひとの住まない丘陵のうえにある、木がまばらに生えているばかりの雑木林が気に入っていた。

冬の最中だった。灌木のあいだにはすっかり枯れてしまった草が残っているだけで、タンポポやスミレの新芽ひとつ見つからなかった。何の気配も感じられなかった。コナラの木の枝にわずかに残っている去年の葉を揺する風さえなかった。けれども、この空虚さのなかにあって、雑木林は奇妙な案配に無数の部分に分かれていたから、さきに進むたびごとに、つねに新しい空間に入り込んでいくような気がするのだった。それに、よく注意して見るなら、どんな空間でも、それぞれに新しいのだ。

そんなわけで、ある日わたしは、長いあいだ林をさまよったあげくに、とても高い崖のうえに出てしまったのだが、この急斜面の下には何本かの鉄道線路が交錯していた。そこは小さな駅の構内で、とほうもなく長いプラットホームが見えたが、たぶんこのプラットホームには、急行列車がローカル線の普通列車と接続するために停車するのだろう。駅には誰もいないように見えた。あのプラットホームにこっそり入り込んで歩き回ったらさぞかし楽しかろうという誘惑に勝てなかった。わたしは斜面をかけ下り、線路をつっ切り、プラットホームに上がろうとした。

それまでまったく気がつかなかったのだが、若い男がひとりそこのベンチにすわっていた。じっさい、外套にくるまっているそのすがたは、遠くから見ると、荷物を包んだ袋そっくりだった。そのときわたしは、どうして彼のそばに行って、ベンチにすわる気になったのだろう。そうすれば、彼といっしょに汽車を待っているふりができると思ったのかもしれない。

若者は、わたしにはまったく注意を払わなかった。すると間もなく、どこから現われたのか、ひとりの駅員がわたしたちのそばを通りかかった。駅員は立ち止った。

「お伝えしておきますが、お客さん、ついこのあいだから、汽車に乗らないひとにも入場券をお買いいただくことになりましてね」

となりにいる男と同様、わたしも旅客ではないことを、この駅員はどうして知っているのだろうか。たしかに、希望に満ちた未来をはらんでいるとはとうてい思われないこの灰色の空のもとでは、汽車がやって来るなんてことは、およそありそうになかった。そのうえ、ベンチがふたつか三つあるだけのこの長いプラットホームは、すぐ近くの踏切を通って誰でも入ることができるので、これまでにもひまを持てあました通行人が時たま紛れ込むことがあったのかもしれない。

「わたしにとっちゃ、どっちでもいいことなんですがね」駅員はまた言った。「でも言っときますが、お客さんは入場券を買う必要があるんですよ」

わたしのとなりにいる若者が、とつぜん放心状態から目覚めた。彼は大声で言った。

「そのうちに、あの世に行くための切符が必要になるさ」

「あの世と何の関係があるというんですか」駅員はしかめっ面をして去っていった。

わたしは言った。「たしかに、あの世とはあんまり関係なさそうに思われますがね」

それでも、わたしは「あの世」という言葉が気に入っていた。若者は、わたしを横目で見つめた。

「たぶん、あなたは何と関係しているのか、ご存じなんでしょうね」彼はわたしに言った。「あなたは精神分析学者ですか」

「全然」

「じゃあ、社会学者ですか。それとも言語学者？」

「とんでもない」

「でも、あなたもぼくとおんなじで、汽車を待っているわけじゃないんでしょう？」

わたしは肩をすくめた。じっさい、わたしたちはこのベンチにすわって、いったい何をしているのだろうか。わたし自身については、長い散歩の途中でちょっと一休みするためにここに来たんだと言い張ることもできる。でもこの男は？　わたしはその質問を口にこそ出さなかったが、わたしの目がいかにも物問いたげだったのだろう。彼はにっこり笑って言った。

「あなたも物好きですね。まあ、ひょっとしてお目にかかる機会があと二度ばかりあったら、そのときに、ぼくの話をお聞かせしましょう」

そう言うと、彼はふいに立ち上がり、さっさと踏切のほうへ歩いていってしまった。駅前広場の喫茶店へグロッグでも飲みに行ったのだろう。わたしはといえば、なおしばらくのあいだ、ベンチにすわったまま、目の前の線路をじっと見つめていた。冬のこの時期には、線路といえども晴れがましく見える。このときほど、線路が輝きを増すことはない。その輝きは、花も緑もない冬の世界にあって、唯一の光だった。

＊

もちろん、わたしもそんなに早くあのベンチの男にまた出会えるとは思っていなかったし、彼をさがし出そうという気もほとんどなかった。彼が物思いにふけるのに選んだらしいあの駅をもう一度訪れたいという誘惑すら、つとめて忘れるようにしていた。しばらくのあいだ、わたしは丘陵のうえの雑木林を歩き回ることもやめ、もっぱら谷の傾斜地を散策することにした。この傾斜地にはスミノミザクラや赤花のミズキも生えていたが、やぶや茨が多く、そんな茂みを縫ってどこまでも続く、あるかなきかの小道をたどるのがわたしの楽しみだった。とはいえ、この時期にはほかのどんな場所に行っても感じられるあの冬の空虚さが、この谷間にも広がっていた。この土地ではわずかに二本のクリスマスローズが見つかったが、そのごく淡い緑は来たるべき春の不確かな先触れというよりも、むしろ幻の植物を思わせた。そんなことに思いをめぐらしていたちょうどそのとき、わたしは、茨の茂み越しに、高い壁のようなものにつき当たった。

わたしのまえに立ちはだかっていたのは、じつは鉄道の高架橋の高いアーチを支える橋脚のひとつだった。その高架橋を見あげ、つぎに視線を下に落としたとき、その橋脚の内側に、先日の若者が背をもたせかけているのが目にとまった。

「やあ、あなたでしたか」わたしはつぶやいた。

「ロジェと呼んでください」彼は言った。「じっさい、あなたもぼくとおんなじで、思いもよらないところにばかり来られますね」

「親愛なるロジェ君」わたしは大声で言った。「もう一度君にお目にかかることができたなら、先日の約束を覚えていてほしいものですな。わたしも忘れてはいませんから」

「ええ、もう一度お会いしたら……　こんなところで偶然あなたにお会いしただけでも、お話ししてしまおうかという気持ちになっているんですが、でも今日のところはほんの〈さわり〉しかお伝えできません」

単なる冗談にすぎないはずのこんな言葉を言うのにも、彼の声にははっとするほどの真剣さがこもっていた。若者は一瞬黙り込み、それから言った。

「あちらをごらんなさい」

彼はうしろをふり向いて、高架橋の橋脚のあいだに見える広大な景色のほうを見やった。橋脚の向こう側も、こちらと同じようなやぶが続いているばかりだが、わたしはすぐに彼が何を示そうとしているかを察した。この高架橋の高いアーチも地上には少しも影を落としてはいず、わたしたちのいる場所も、ほかの場所と同じように明るい。淡い青空のもと、どこにも一様な明るさが広がっていた。それでもやはり、橋脚の向こう側にはなんとも言いようのないきらめきが漂っているのを認めないわけにはいかなかった。伝え聞くところ、日本の建築家は入口のようなものを作ることがあるが、その入口をくぐっても、ただ想像上の神殿があるばかりだという。だがこの想像上の神殿こそ、つまりは何もない虚空こそ、神が融通無碍にその御業をお示しになる格好の場所なのではないか。そんなふうにして、人間の計らいのおよばないところで、新しい日の光がとつぜん輝き出す瞬間が時折あるものだが、その光の美しさは、わたしたちの世界との断絶を、目には見えないがたしかに存在する一種の断絶を、示しているのである。

「あの光のことを教えていただいて、感謝していますよ」わたしは自分の気持ちを正直に伝えた。「それじゃあ、お尋ねしてもいいですかね、例のことを……」

「何をお尋ねになってもむだですよ」若者はきっぱりそう言ったかと思う

と、すぐに視線をそらし、わたしを無視する態度に出た。

わたしは、礼儀上、その場を離れるほかなかった。かなり遠ざかって、茨の茂みを避けながら歩いているときにも、なるべく音を立てないようにと気をつかったほどだ。

この二度にわたる束の間の出会いを思い起こさせるどんなしるしも現われないままに一年が過ぎていき、わたしはこの出会いのことさえじきに忘れてしまった。想像するに、あのロジェという若者は、自分が何か奇妙な出来事を経験したと思わせて、わたしをびっくりさせようとしただけなのだ。ところが、とうとうある夜……

＊

パリでのこと。わたしは地下鉄の駅に通じる階段を降り、駅の構内に入ったところだった。改札口で切符を買ってふり返ると、わたしのまえを通りすぎていくロジェ青年のすがたが目に入った。彼を呼び止めようという考えすら浮かばなかった。彼はほとんどかけるような足取りで去っていったばかりか、おまけに大きなチューリップの花束を腕にかかえていたのだ。花のうえからのぞいている彼の眼差しはまったくうつろだった。

ロジェがかかえている花束も、花屋がこしらえて包んだような代物ではなかった。ばらのままの二十本か三十本のチューリップで、彼はそれを地下鉄の入口近くの歩道に立っている花売りからでも買ったのだろう。しばらくぼうぜんと立ちつくしていたわたしも、ようやく彼を追いかけて走り出した。何か突拍子もないことが起きるだろうと期待したわけでもないが、彼に一泡吹かせてやるのも悪くないと思ったのだ。そうすれば、彼としても三度目に出会ったときに話すと約束した例の話をしないわけにはいかないだろう。もっとも、彼のほうでは、偶然が三度も重なることなどありえないと高をくくっていたにちがいないが。

ロジェはひじょうに早足で歩いていたので、すぐには追いつけなかった。彼がプラットホームに着いたちょうどそのとき、電車が入ってきた。かろうじてわたしも、彼の乗った車両にべつのドアから飛び乗ることができた。

ふたりのあいだには十人ほどの乗客が立っていて、ロジェに近づくにはその乗客をかき分けねばならなかった。それは造作もないことだったが、このたわいもない困難がいまの状況を反省するきっかけになった。彼をじっくり観察し、あとを追ったほうがよさそうだ。もし彼に語るべき話がほんとうにあるのなら、その一部なりともこちらから見抜いてやるのも悪くはないだろう。どうひいき目に見てもひとにあげられるような代物ではないあの奇妙なチューリップの束も、一風変わっているらしい例の話にかかわりがあるにちがいなかった。とはいえ、それもこれも彼のハッタリではないかという疑いも一方にはあった。

ところでこのとき、わたし自身は自分の住む片田舎行きの汽車に乗るために、東駅に向かう途中だった。すでにすっかり遅くなってしまっていたので、汽車に乗るのをあきらめるか、あるいはあの男が駅の反対方向に消えていくのをみすみす見送る口惜しさに耐えるか、どちらかしかなかった(思えば、わたしはそんなジレンマにしばしばぶつかったものだ)。けっきょく、わたしは、自分がここにいることを知らせないまま、わが友ロジェ君のあとをどこまでも追いかけてやろうと決心した。

思いもかけず、彼は東駅で地下鉄を降りると、花束を持ったまま階段をかけ上がり、やがて人ごみのなかにまぎれてすがたが見えなくなってしまった。それでもわたしは、あの大きなチューリップの束をかかえているかぎり、彼を見つけるのは造作もないことだとのんきに構えていた。とにかく、あのチューリップの花束はよく目立った。

じっさい、二十歩ほどさきを行くロジェのすがたが二、三度見えたのだが、わたしが駅のコンコースにたどり着いたとき、改札口の自動扉を通りすぎたところで、彼のすがたははたと消えてしまい、するとこの人波のはげしい往来のなかで、どこを探してよいやらたちまち分からなくなってしまった。

わたしは追跡をあっさりあきらめ、すぐに汽車の出発ホームに行くことにしたが、そうすることで機転を利かせたつもりになっていた。ところが、まずわたしの目に入ったのは、自分が乗るべき汽車が（しかもその夜の最終便が）はるか彼方の線路上を、子どものおもちゃほどにも小さくなって走り去っていく光景だった。それからいろんな掲示板を見て回ったり、プラットホームに出てみたり、出発間際の列車をのぞき込みさえしたが、そうした奔走もことごとく空しかった。

そうしてたっぷり一時間もさがし回ったあげくにはっきりしたのは、要するに自分がまんまと一杯食わされたということだった。ホテルの部屋に戻ろうか、それとも映画でも見に行こうか。けれども、わたしは駅を離れる気にはなれなかった。駅のバーに入り、酒を飲みながら、あれこれ考えてみた。ロジェのやつ、今日は入場券を持っていたのだろうか。入場券……　あの世行きの切符か……　わたしはビールを飲み干すと、バーを出た。

ところが、待合室のまえを通りかかって、ふと中をのぞいてみると、すぐにチューリップの花束が目にとまった。とうとう見つけたぞ。だが、それで万事解決というわけではなかった。ロジェ青年は壁の隅で、花をたいせつそうにしっかりと抱えながら、ぐっすり眠り込んでいた。わたしは、少し離れたところにすわる場所をさがすことにした。けっきょく、彼とは反対側の隅に席を見つけてすわり、彼が目を覚ますのを待った。

ところが、室内の暖かさに、わたしまでがすっかりいい気分になって眠り込んでしまい、ようやく目を覚ましたときには（おお、若いということのすばらしさよ）どうやらもう午前になっていた。わが友はふたたび消え去っていた。

　時計を見るとすぐに、わたしは急いで立ち上がった。五時半だった。わたしの住む田舎へ向かう朝一番の列車に乗るのに、あと数分しかなかった。ほかのことは考えなかった。ばかげた追跡を続ける気が、急に失せてしまったのだ。わたしはプラットホームに向かってひたすら急いだ。ホームにたどり着いたとき、ちょうど汽車が出るところだった。わたしはゆっくりと最後の車両に乗り込んだ。

　じっさい、このうえもなく陳腐な出来事がつぎつぎに起こることがときにはあるものだ。まるで天の意思が、いい加減でありながら、しかもひたすらひとをやきもきさせるようなやり方で、それらの出来事をつなぎ合わせでもしたかのように。ここにはまさしく〈ひとつの物語がある〉と得心がいったのは、わたしが降りるひとつ手前の駅に停車中、窓ガラス越しにながめていたプラットホームの外灯の下に、チューリップの花束とロジェのすがたをふたたび認めたときのことだった。

　わたしは汽車から飛び降りたが、彼に話しかけるには、打ち解けた話をするのにもっと好都合な場所に出るまで待ったほうがいいように思われた。

隅から隅まで知っているこの小さな町では、たとえ今夜のようないつまでも明けそうにない冬の夜の最中でも、彼を見失うおそれはなかった。

歩道にそって、凍りついた小川があった。あちこちの家の庭に見える木々は、葉をすっかり落としたままの裸の枝を、まだ星のきらめいている空に向かって伸ばしていた。

ロジェは町の中心部を迂回している大通りを行き、やがて郊外に出たが、そのあたりはなだらかな斜面になっていて、別荘が散在し、公園や小さな林もあった。彼は周囲を灌木で囲まれたお堂のまえで立ち止ったが、その建物は闇にまぎれてほとんど見分けがつかなかった。彼はそこにしばらくたたずんでいたが、やがて鉄柵越しに手を伸ばして、持っていた花をお堂に供えた。こちらを振り返ったとき、彼はわたしのいることに気づき、いままでわたしが彼のあとをつけ、彼に話しかける機会をうかがっていたことを察した。

「いっしょに来てください」彼はわたしに言った。

＊

青年はわたしをしたがえ、坂になっている街道を少し上がってから脇道に入り、道にそった低い石垣に腰をおろすと、わたしにもとなりにすわるようにと言った。それからじきに、彼は話し始めた。

「たぶん、ぼくがこの話を始めるとすぐに、その結末が分かってしまったとお思いになるでしょうね。ようするに、あのチューリップの話ですから。でも言っておきますが、この話の結末を見抜くことは、これっぽっちもできませんよ。

ぼくはこの町の高校に通っていました。高校はここからもすぐ近くで、ほら、あそこの丘のうえに並んでいる新しい建物の真ん中あたりにあります。大学受験を控えた三年生の年に、自分よりも少し年下の女の子と知り合いになりました。彼女は同じ高校の生徒でしたが、そもそもが親しい家族同士の集まりで彼女に紹介されたのがきっかけでしたから、ぼくたちの関係は、同じ学校の生徒同士の仲間意識とはおよそ違う、妙に社交じみたものになっていました。

ぼくたちは学校の校庭で言葉を交わすこともありましたが、まるでお互いの義務からそうしているような具合でした。たしかに、彼女の顔立ちもその声も感じがよかったのですが、一方、ぼくはといえば、礼儀正しいお坊ちゃんでいるべきか、学校で身につけたなれなれしい態度をとるべきかで悩んでいるような少年の例にもれず、何かにつけてぎこちなく不器用でした。大人たちは忘れていますが、若者は、大人とはくらべものにならないほどに、ほんのささいなことでくよくよ思い悩むものです（もっとも逆に、それを楽しむこともあるのですが）。ともあれ、エレーヌはぼくを軽蔑しているように見えましたし、ぼくのほうでも、愛だとか恋だとか、そんなことにはまったく興味がありませんでした。

ある日、ぼくは体育館のうしろ側を歩いていました。なぜそんなところを歩いていたのか、いまではもはっきり覚えていませんが、たぶん二年生の教室から出てきて、校庭の真ん中でお上品ぶっているエレーヌを避けたいと思ったのでしょう。古い建物が並んでいるそのさきの一画は花壇になっていて、あらゆる種類の花が植わっていましたが、そのとき咲いていたのはチューリップでした。いいえ、早合点しないでください。話はこれからですよ。

ところがどうしたことか、花壇の反対側からこちらに向かって歩いてくるエレーヌのすがたが見えたのです。ぼくも彼女のほうへ歩いていきましたが、そのあいだに彼女は身をかがめてチューリップを摘み始め、たちまち両腕で抱えるほどたくさんの花を摘みとってしまいました。もちろん学校に知られれば、れっきとした校則違反です。

ほくは、彼女にばかなことはよせと叫ぼうとしました。ところがそのとき、彼女はこちらを振り向きざま、その一抱えもあるチューリップの束をぼくの手に押しつけたのです。じっさい、それはかなりの分量でした。ぼくはその花を捨てるわけにもいかず、すっかりまごついてしまいました。エレーヌはあっという間にどこかへ行ってしまい、ぼくだけがぐずぐずしているところへ、折悪しく塀の陰から生徒監督が現われたのです。この男は、ほかの生徒監督とくらべて、とりたてて陰険だったというわけでもないのですが、ともあれ、彼はぼくを花壇荒らしの犯人として校長に訴えるべきだと判断したわけです。そのおかげで、ぼくは続けて四回も居残りの罰を受けることになりました。その春の終わりには、校庭でエレーヌと出会っても、ぼくは二度と口をききませんでしたし、彼女のほうでもぼくをまったく無視していました。なんとも解せない裏切りです。彼女はちょうどそのころに学校をやめることになりましたが、ぼくたちは別れの言葉を交わすどころではありませんでした。彼女の一家は外国に行ったのです。ぼくは、それ以上くわしく知りたいとも思いませんでした。

それから何年か経って、ある駅で（それはあなたがご存じの駅ではありません）ぼくはエレーヌを見かけました。そのとき、ぼくは普通列車のホームにいたのですが、彼女のほうは別のホームで急行を待っていました。ぼくは遠くから彼女をながめました。すっかり変わってしまい、すでに一人前の女性の艶やかさを身につけていましたが、顔つきだけはいまだに子どものままでした。汽車が入ってきたときには、ぼくはもはやじっとしていられず、彼女のところに走っていき、彼女のスーツケースを持ちました。ぼくは、そのまま彼女の乗る車両まで付いていきました。ぼくがスーツケースを通路の入口に置いてしまってからも、彼女は何も言わずに、ぼくのまえにつっ立っていました。ぼくもその場に釘づけになっていました。ふたりともぼうぜんとして、身動きする力もなくなっていたのです。じっさい、この金縛りの状態を解く方法はたったひとつしかありませんでした。そして、ぼくたちはさっそくそれを実行したのです。要するに、ふたりはたがいの腕のなかに飛び込み、おそろしい力で抱きしめながら、両頬にキスし合ったのでした。

でも、すぐに抱擁を解かねばなりませんでした。車掌がドアを閉めにきたのです。ドアのなかにかけ込みながら、エレーヌは大声で言いました。

『あのチューリップのこと、自分が犯人だって、あとで生徒監督に言いに行ったけど、そのときはもう手遅れだったわ。誰もわたしの言うことを信じてくれなかったのよ』

それから、エレーヌはさっさと自分の車室に行ってしまいました。彼女にはその後一度も会っていません」

ロジェは一瞬黙り込み、それからふたたび話し始めた。

「その後一度も会ってはいなかったのです。とはいえ、話の本筋はまだ始まったばかりでした。話の本筋などといっても、たぶん、それを言葉に表わすことは不可能なのですが、それでも、誰も行かない場所によく行かれるあなたのことですから、何かしら察していただけることもあろうかと思います。

彼女がどこに住んでいるか、何をしているか、一度たりとも知ることはなかったのです。彼女は外国にいるのだろうか、それともパリにいるのだろうか。そんな質問を周囲の誰かれにしたこともありますが、答えは返ってきませんでした。それに、ぼくは答えなど期待していなかったのです。

ぼくは仕事を続け、ときには気晴らしもやりました。男の友だちも、女の友だちも、人並みにいました。でもぼくは、そうした仕事や気晴らしや交際の合間に、誰もいない場所をこっそり訪れていたのです。そしてそのような場所に行くと、あなたはそれを信じるかどうかは分かりませんが、〈彼女といっしょに〉いることができたのです。ぼくは彼女に話しかけましたし、それに答える彼女の声も聞こえました。あらゆることについて話しました。あなたはそんなことはみんな空想だとおっしゃるかもしれませんが、ほんとうにぼくたちはたがいにすぐそばにいたのです。彼女のひざや肩を、まるで彼女がそこにいるかのようにありありと思い浮かべることができました。彼女はぼくの胸に手をあてがっていましたが、そのときぼくは、ぼくといっしょでなければ、彼女は呼吸すらできないことを知っていました。いつだったか、あなたもあの高架橋の下の光をご覧になりましたね。ただひとつの世界があるのではありません。ぼくたちは、どこか知らない世界で、かたく結ばれていたのです。

　ぼくの言うことを、あなたがいくら信じようとしても、結局のところ、信じられないでしょうね。でも、ぼくだけはそれを疑うことはできません。それから最後の事件が起きたのです。

　ぼくは地下鉄の駅に下りていこうとしていたのですが、入口の数歩手前のところで、しばらく立ちすくんでしまいました。バスに乗ったほうがいいのではないかと迷っていたのです。すると、こんなふうにためらっている瞬間にはよくあることですが、エレーヌが自分のすぐそばにいるのを感じたのです。歩道にはごくわずかな通行人しかいませんでした。そしてそのときにはもう、あなたがおられることにも気づいていました。それから、あのことが起こりました。

　階段をすでに何段か下りかけたとき、ぼくを呼ぶ声がしました。それは街頭でもぐりの商売をしている花売りでした。さっき歩道にいたときには、その男のすがたにほとんど気づかなかったのですが。ぼくが振り向くと、彼はこっちへやってきて、持っていたチューリップをそっくりぼくの胸に投げ込んだのです。ぼくはやむを得ず、二、三枚の紙幣を彼に渡しました。

もちろんぼくは、その突拍子もない花束はエレーヌが贈ってくれたものだ、彼女がそれをもう一度ぼくに投げてよこしたのだ、そう信じないではいられませんでした。あの花売りの男は、なんだって急に、持っているチューリップをそっくりぼくによこす気になったのでしょうか。ぼくたちのことを何も知らないはずの彼が、ぼくたちの仲立ちになってくれたとは、どんな奇跡のなせる業だったのでしょうか。

もっとも、いつか彼女がこの男に会ったことがあって、そのとき彼女が男に、これこれの変人を見かけたら、持っている花を全部渡してくれと頼んだのであれば話はべつですが、仮にそうだったとしても、その変人（とは、ぼくのことですが）を見分けることは、奇跡でも起きないかぎり不可能なはずです。このようなことが起きるからには、いくつかの空間、いくつかの時間がたがいに交錯しているにちがいありません。

そのときふと、汽車に乗り、この小さな町に来ようと思いつきました。彼女のために、ぼくたちが通っていた高校からも遠くないあのお堂に、男からもらった花束を供えたかったのです」

ロジェの話に、わたしはどんなけちをつけることができただろうか。見あげてごらんなさいという彼の言葉に、空を見ると、ちょうど夜が明けるところだった。地平線のうえで、冬の夜明けの光を受けた雲が輝いていた。それはあの人騒がせなチューリップと同じ色をしていた。

それ以来、わたしは時々想像することがある——その後エレーヌとロジェは、たとえほんのわずかなあいだなりとも、ふたたび出会ったにちがいないと。ほんとうをいえば、天国の婚約者といってもよいふたりにとって、そんなことはまったくどうでもいいことだ。生きていようと死んでいようと、ふたりは〈現実に〉けっして離れることはないのだから。

マルチニャン、君はわたしの話を聞いていないね

マルチニャン、わたしたちの散歩は、いつも光あふれる彼方をめざしていたようだったね。今日君に語ろうとしているのも、まさしく気の遠くなるほどはるかな距離にまつわる話だが、それはまた満ち足りたふたつの心の話でもあるのさ。

その朝、わたしは森のなかにいた。森のなかといっても、さほど奥深くまで入り込んだわけではない。わたしが性懲りもなく、フウセンタケの一種で、学名コルチナリウス・ホノラビリスという世にもめずらしい茸をさがしていることは、君も知っているね。その色はよく見られる青灰色ではなく、まだ誰も見たことのないようなブルーであるはずなのだが。まあ、この茸さがしについては、君もわたしの話を信用してくれているようだが、そのほかの話には、きっとまた肩をすくめるだろうね。

ところで、このあたりの森には近くの牧場の家畜たちがしょっちゅう入り込んでいたから、植林したところでもすっかり木がなくなってしまい、ぽっかり空き地になっているところも少なくなかった。あるときわたしは、ひとりの男が立ったまま、石のようにじっと動かずにいるのを見かけた。そのうえ、彼がいるところからほんの一歩、ほとんど彼にぶつかるほどのところに、一頭の鹿がいたんだ。わたしのいるところからも、鹿のひくひく動く鼻先や、この世ならぬ驚きを湛えているかと思われるきょとんとした目がはっきり見えた。男は少しも身動きしないばかりか、眉毛ひとつ動かさないようだった。そうしてひたすら鹿のまえに立っているのだった。

そのとき、まずいことに、わたしが足を動かして、枯れた小枝かなにかを折るかすかな音を立ててしまったらしい。鹿はとっさに向きを変えると、あっという間にすがたを消してしまった。すると男も歩き出して、森のそとに出ていった。

それから一週間後、ふたたび男を見かけた。彼は荒れ果てた草原のはずれに、今度もまたじっとつっ立っていた。そして彼のすぐそばには一匹の野うさぎがいて、じっと彼を見つめていたが、めずらしいことに、この野うさぎはうしろ脚で立っていた。そればかりか、草原にめぐらした柵の、男が立っているところからすぐのところにある杭の先には、ノスリが止まっていた。男が手を伸ばせば、その鳥に触ることもできたろう。それでも彼は、からだをこわばらせたまま、うつろな表情で、じっと動かなかった。動物たちと男は、とつぜん見捨てられた世界に置き去りにされたままでいるように見えた。あたりには、深い沈黙が支配していた。最後に、空からアオサギが急降下してきて、その大きな翼のひとつで、男の帽子をかすめるようにして飛んでいった。それをきっかけにして、ノスリは飛び立ち、野うさぎも歩き出したが、どちらも少しもあわてる様子もなく、ゆうぜんと立ち去った。

男はしばらくそのまま動かず、のんびりとアオサギが上空に舞い上がっていくのを目で追っていた。それから、先日と同じように、ゆっくりした足取りで立ち去った。今度はわたしのすぐそばを通っていったので、彼の顔をはっきり見ることができた。でも彼は、わたしには目もくれなかった。上着の折り返し襟にあざやかな色の小さな花(おそらくは七宝細工だろう)をつけているのに、わたしは気づいた。

男はほとんど老人といってもよかった。わたしは彼に見覚えがあるような気がしたが、案の定、モッキー＝グランジュの駅で、彼にまた出会った。彼はそこの駅員だったのだ。地位はかなり高いようだった。

それから数ヵ月が過ぎ、あの男との出会いを忘れたころになって、また彼に出くわした。しかも驚いたことに、パリのポン＝ヌフ〔セーヌ河にかかる橋〕のうえで。男はいつもの姿勢で、石のようにじっと動かなかった。河のほうを向くでもなく、通りのほうを向くでもなく、歩道のずっと先のほうをじっと見つめているばかりなので、その様子はどこか不自然だった。通行人たちもときどき彼を怪訝そうにながめながら通りすぎた。彼はこんなところでいったい何をさがしているのか。わたしも持ち前の忍耐力を発揮して、男から数歩離れたところで、たぶん一時間くらいだったろうか、不動の姿勢を保ち続けた。もっとも、わたしのほうは橋の欄干に設えられた、まさにこの場におあつらえ向きの円形ベンチに腰かけていたのだが。

ずいぶん長いあいだ待ったあげくに、ようやくひとりの女がこちらにやって来るのが見えた。男と同じように、彼女も若くはなかったが、その容姿にはめったに見られないほどの気品が漂っていた。彼女はあの孤独な男のまえまで来て、とつぜん立ち止った。なぜかわたしは、彼女が立ち止ることをあらかじめ〈知って〉いた。彼女は真剣な面持ちで、注意深く男を観察した。それから彼女は男に手を差し伸べた。まるで、手にはめた指輪を彼に見せようとしているかのように。彼女は四つの指輪をはめているらしかったが、どれもみな派手な造りではなかったので、わたしのいるところからは、はっきり見分けることができなかった。男が彼女の手を取ると、ふたりはうなずき合い、歩道をゆっくり歩き出した。少し先で、男は街頭商人から花束を買い、それを彼女に贈った。わたしはふたりのあとを追った。ふたりは口をきかなかった。こうしてしばらくのあいだ、彼らはとてもゆっくりした足取りで歩き続け、信号をふたつ通り越した。そこからしばらく行った人気のない通りの角で、ふたりは分かれた。ふたりはそれぞれ別の方角に歩いていったが、どちらも振り返りさえしなかった。

それからというもの、わたしは好奇心にかられて（わたしのことは君がよくご存じだ、マルチニャン）、かなり厚かましいふるまいにおよんだ。つまり、わたしはモッキー=グランジュの駅に行って、男に直接会い、ざっくばらんに質問したのだ。「ぜひ、お話をお聞かせ願いたいのですが」彼はそれには答えず、長いあいだ、わたしをじっと見つめていた。わたしは言い訳をしようとして、口ごもってしまった。「お分かりでしょう、あの鹿とか野うさぎとか……」自分でも何を言っているのか分からなくなってしまった。ところが男のほうでは、すっかり打ち解けた友だち同士のような口調でしゃべり始めた。

「あなたのおすがたは、あちこちでお見かけしましたね」彼は言った。「よくよくあなたも、この世にありそうにないことばかりに興味がおありのようです。それでは、お話しすることにいたしましょう。わたし自身についていえば、この世のことについても、あの世のことについても、たいした経験を積んでいるわけではありません。もっとも歳だけはとって、そろそろ引退しなければならない年齢なんですが。結局、わたしに冒険心を与えてくれたのも、わたしの職業なのです。

いいえ、もちろん旅をしたいという願望などではありません。それどころか、この駅を通過していく急行列車のスピードには、ますますいらいらしてくるほどでした。神や人間の奥ゆかしい忍耐心とすっかり縁を切って、あんなにものすごいスピードで地上を移動するなんて、万物にたいする侮辱ではありませんか。貨物列車のゆっくり走っていくすがたが、わたしにはせめてもの慰めでした。というのも、貨物列車が発車したり停車したりするときには、二、三百メートルにもおよぶすべての車両がはげしい音を立ててぶつかり合うのですが、そんなとき、もし貨物列車に口があれば、自分は喧騒というものに敬意を表しているのだと言うにちがいありません。なぜって、喧騒こそ宇宙の根本原理である、なんてこともありえなくはないでしょう。旅客はといえば、彼らもまた、たいていの場合、一秒を失うことは自分自身の損失であるとかたく信じて、急いだり押し合いへし合いしたりしているものですが、そんな彼らを見るのはなんと情けないことでしょう。彼らは、せめて一秒とはいったい何であるかぐらいは知っているのでしょうか。要するに、わたしはこうしたいつ果てるともない移動のお祭り騒ぎにうんざりしてしまい、暇や機会に恵まれたときには、何を差し置いても、じっと動かずにいることにしようと決心したのです。

これからお話しすることは、べつに秘密でもなんでもなく、ただ誰もが知っていながら、知らないふりをしているだけのことなんですがね。それはつまり、案山子というものは、鳥でもどんな動物でも、少しもあやまたずに自分に引き寄せてしまうってことなんですよ。そんなわけで、わたしがあの模造人間のまねをしてつっ立っていたら、あらゆる種類の動物がそばにやって来たのです。動物たちの好奇心の大きさは、彼らの底抜けの無邪気さに比例しますね。おかげでわたしは、鹿や狐やイタチ、その他多くの動物たちを知ることができました。でもポン＝ヌフでの一件だけは、正直言って、まったく思いがけない出来事でした。

わたしはいままでずっと、上着の折り返し襟に、この小さな花をつけていました。じつをいうとわたしは、十四歳になるかならぬかのころ、家族といっしょにサンフランシスコにいたのです。ある日、市場を歩き回っていると、まばゆいばかりにきれいな少女に出会いました。彼女がわたしにほほ笑みかけたので、わたしは露天商から指輪を買い、それを彼女に贈りました。するとさっそく、彼女のほうでも、あの七宝の花のついたピンをわたしにくれました。市の立っているその高台からは、海が見えました。わたしたちはいっしょに海をながめ、それから別れました。それ以来、わたしは一度も彼女に会ったことはありませんでした。ところが先日のこと……

先日、あの橋のうえで、わたしは何かを待っていました。けれども、それが何であるか、自分でも分かりませんでした。じっさい、わたしには待つべき何ものもなかったし、また待つべき誰も（犬や猫までふくめて）いなかった。ところが、あの女性がやって来たのです。わたしにおとらず歳をとってはいましたが、まだとても美しかった。わたしは彼女が誰であるかすぐに分かりましたし、彼女のほうでもわたしを覚えていてくれました。最初はみんなと同じように、橋のうえでじっと動かずにいる男の奇妙なかっこうに驚いているようでしたが。

彼女はわたしの胸元に付いている七宝の花を見ると、今度は自分の手を差し出して、私に見せました。その指には、かなりりっぱな三つの指輪とならんで、昔わたしが贈った指輪がはまっていました。その指輪はかんたんに見分けがついたのです。それはまったくの安物で、メッキの台にまがいのトルコ石が載っているだけのものでしたから。彼女とわたしは、恋をする時代よりもまえに出会い、そしてその時代がすっかり過ぎてから再会したのです。でも、それは恋よりもはるかに美しかった（もっとも、わたしにはどうもこの点がうまく理解できないのですが）。わたしたちのあいだには、最初に出会ったあの幼い日と同じ沈黙がありました。それにもかかわらず、誓って言いますが、彼女の目はこう言っていたのです――『海だわ！』と。そしてわたしも彼女に答えていました――『海だね！　ゴールデンゲートが見えるよ！』と。そしてじっさい、その通りだったのです」

わたしの話はこれでおしまいだよ、マルチニャン。もちろん、君は信じてはくれまいがね。わたしたち人間には想像もつかないような調和が（それがどれほどはかないものであっても）存在するってことを、どうして君は認めようとしないのかね。わたしたちはいっしょに虹のなかを走る稲妻を見たことがあるし、先日などは、足元に咲く忘れな草と空に舞う鷺のすがた（あれはじつにみごとな鷺だったね）とを一度に見たではないか。

マルチニャン、君はわたしの話を聞いていないね。

夜明けの汽車

わたしはガールフレンドといっしょに旅をしていた。ポンボーの町でわたしたちの乗っていたオートバイが完全に故障してしまい、どうにも修理しようがなかったので、オートバイを鉄道便で送り、わたしたちも汽車に乗って帰るほかなかった。なんともかっこう悪いご帰還ではあったが……

ところが、タンクのガソリンを抜き取り、サドルバックをはずし、オートバイの輸送手続きをしているあいだに、夕方の普通列車が行ってしまった。

「もちろん、これはあなたのせいよ」彼女は言った。「あなたがあんなにぼんやりしていなければ、わたしたちは汽車に間に合ったのに」

「ぼんやりしていない人間は、タイミングよろしく、ぼんやりしている人間に注意をうながす義務があるんだぜ」

責任をなすり合うのは、恋の大きな楽しみのひとつだ。かくして、どちらにも責任がなくなってしまい、世界の始まりのごとき晴天白日のもと、誰はばかることのない恋の道行きはいよいよ佳境に入ることになる。

じっさい、オートバイを厄介払いしたあと、わたしたちはサドルバックを持ったまま、仲よく駅前広場を歩き回った。

あげくの果てに、プラットホームで携帯食糧を食べ、それからベンチに横になって一夜を明かそうということになった。そうすれば、朝の五時頃ここを通る一番の普通列車にまちがいなく乗れるだろう。

小石やレールから発散される昼間の温もりが、微妙な藍色を湛えた空にいっせいに立ちのぼっていく暖かい夕暮れだった。よく気がつく（あるいはおせっかいな）駅員が、二番ホームのベンチが快適だろうと勧めてくれた。彼がご親切にもわたしたちのあとに付いてきたときには、この男、わたしたちに何か話したいことがあるんだなとピンときた。ところが、このおせっかいな男、いざとなるとひどく遠慮深く、打ち解けて話す気にならせるには、どんな言葉をかけたらいいかとこちらが思案する始末だった。

わたしたちがベンチに腰を落ち着け、駅員もお休みなさいを言って戻ろうとしたとき、左手二十歩ほどのところに、ひとりの若者がおんぼろベンチのうえに長々と体を横たえているのに気づいた。彼は荷物ひとつ持っていなかった。

「あれはいったい誰なんですか」わたしは尋ねた。

すると駅員は、待ってましたとばかり、急に生き生きした表情になった。

「あなたがたの乗る普通列車は」と彼は言った。「いま腰かけているベンチのうしろ側に到着します。前のほうをよくご覧なさい、レールがすっかり錆びついているでしょう。合理化政策がとられて以来、このレールには汽車が走らなくなってしまったんですよ」

「まさに廃線なんですね」わたしは言った。

「ところがですよ、まさかと思うでしょうが」と駅員は言った。「あの若者がここに来ているのは、あの線路に汽車が通るのを待っているんです。もちろん、そんなことはありえませんから、じっさいには幻の汽車を待っていることになるわけです」

「そんなふうにまでなるなんて、あのひと、ずいぶん苦しい思いをしたんでしょうね」わたしのガールフレンドは言った。

「いいえ、頭はぜんぜんおかしくはないのですが、ただ、彼はまったくついていなかったのです」駅員は、いかにも若者がかわいそうだと言わんばかりに、ため息をついた。

それから駅員は、つぎのような短い話をしてくれた。


ローラン・デスモンは、ポンボーから十キロほどのところにある村の小学校の先生だった。この村に赴任してくるまえに、彼はある娘にすっかり惚れ込んでしまったのだが、その娘の両親はディジョンに住んでいた（あるいはシャニーだったかボーヌだったか、駅員はその地名についてたしかなことを知らなかった）。娘のほうでは彼の愛に応えてくれたのだが、両親はふたりが会い続けることにぜったい反対だった。ところがうまい具合に、娘はひとりで汽車に乗ってレジィ地方に住む叔父をたずねる機会がしばしばあり、しかもその汽車がポンボーを通るので、彼女は一計を案じて、この町でローランと会う約束をした。その朝早く、彼が彼女を駅まで迎えに行き、それから叔父の家よりも遠いところへ行ってしまおうという手はずだった。要するに、どこにも転がっている話である。

ところが、ローランはその待ち合わせ時間に間に合わなかった。しかも同じへまを、その後さらに二度も続けてしまったのだ。最初のときは、彼が乗ったタクシーが横倒しになり、運転手もろとも茨の茂みに投げ出された。さいわいけがはなかったが、服がずたずたになってしまった。

二度目は、自転車でポンボーの駅に向かったのだが、ポンボーに着いたところで、警察に呼び止められた。警察は脱獄囚を追跡中で、その脱獄囚の人相書きがこの小学校教師の顔の特徴にかなり符合していた。そのうえ、この教師はすっかりいらだった口調でさかんに抗議したものだから、よけいに怪しまれる羽目になった。警察は身分証明書を調べ、さらにローランが言っていることが事実かどうか確認するために、村に電話で問い合わせさえした。警察の取り調べはさほど長い時間かかったわけではないが、それが済んで、彼が駅にたどり着いたときには、恋人の乗った汽車は出てしまったあとだった。

最後の待ち合わせのときには、この恋する男は徒歩で家を出た。彼は近道を行くことにしたし、そのうえ待ち合わせ時刻よりも一時間前に到着する予定だった。とはいえ、近道ほど当てにならないものはない。その野中の小道で、彼はひとりのハンターに呼び止められた。男は、もうひとりのハンターを誤って怪我させてしまったと言い、重傷を負ったらしい怪我人を街道まで運ぶのを手伝ってくれと彼に頼んだ。街道に出てからも、自動車が通りかかるまで、しばらく待たなければならなかった。

「その後のことはお察しの通りです」駅員は言った。「ローランは、そのうえ警察まで行ってハンターのために証言しなければならず、さらに時間がかかってしまいました。ところが、例のいまいましい汽車のほうはけっして遅れたことはないのです。気むずかしい娘はすっかり腹を立て、ローランとの関係をすっかり絶ってしまいました。こんなに若すぎて、浅はかなお嬢さんを背負い込むのを、あのひとはためらっているんだわ——彼女はそうかたく信じ込んでしまったのです」

「で、それ以来」わたしは言った。「あの若者はいつも駅に来ては、彼女の汽車が通るのをうかがっているんですか?」

「ところが悲しいことに、当時彼女が乗っていた汽車は、その後廃止になってしまったのです。それは準急列車で、いまでは使われていないこの線に入ってきたのですが。もしあのお嬢さんがいまでも叔父さんの家に行くことがあるとしても、現在走っている普通列車よりもずっと速いバスがあるんです」

国鉄合理化の悲劇と恋の悲劇がひとつに結びついていたわけだが、駅員はそこに運命というものの大いなるしるしを認めていた。そんなわけで、駅員はもはや二度と汽車の走らないレールをながめに通い続けているあの男は、どうしても幻の汽車を待たずにはいられないという心境になってしまったのだ。

駅員は立ち去った。わたしたちが携帯食糧を食べ終わったころ、ようやくあたりが暗くなった。わたしたちは、この何もない駅の暖かく澄み切った空気に包まれて、眠りに落ちた。

案の定、その夜、わたしは幻の汽車の夢を見た。昼間わたしたちの注意を引いた事柄が、その夜の夢にも出てくるというのは別段めずらしいことではない。じっさい、わたしの閉じた目の奥底には、驚くべき映像が浮かんでいたのだ。

音ひとつしない汽車、普通列車でも準急列車でもなく、ヨーロッパを縦貫する幹線列車……　蒸気が顔にかかるのを感じたかと思うと、わたしの目の前を（そしてわたしの心のなかを）列車が通過していく。照明がこうこうと輝き、いっぱいの花で飾られた食堂車があった。そればかりか、やはり明かりがついたままになっているほかの車両もみな、このうえなく豪華に見えた。汽車はふつう、深夜には常夜灯しかつけないものだが……　いったい、いま何時なんだろう。でも、夢のなかには時間なんでないはずだ。

わたしはベンチから立ち上がった。目の前に汽車が停まっていたのだ。わたしはガールフレンドの手を握り、こう言った。「これが幻の汽車だよ。これに乗らないなんて法はないぜ」

夢には時々奇妙な二重性が生じる。つまり、わたしたちは夢のなかで自分が目を覚ましているつもりになることがよくあるが、この偽りの覚醒状態こそ、夢に現われる映像以上に、わたしたちの感情を高ぶらせる原因となるのだ。

彼女は目をこすりながらも、おとなしくわたしに付いてきた。入口のドアを押すと、金庫の扉のようになめらかに開いた。わたしたちは通路の奥のほうへと進んだ。持っていたサドルバックを床に置いたが、それをここまで運んできたことすら覚えていなかった（そもそも、なんだってサドルバックなんぞ持っていたのか）。そのとき、汽車が動き出した。わたしたちは窓ガラスに額を押しつけるようにして、そとをながめた。

そうしてそとをながめるわたしたちの目の前に、世界全体が走馬灯のごとくに現われた。いくつもの世界といくつもの人生。暗い田園の奥を、つぎつぎと光が走り去っていった。けれども、やがて夜明けになり、朝日が目も覚めるほど美しい丘陵のうえにのぼった。

とつぜん、ガールフレンドが叫んだ。

「あら、車掌だわ！」

車掌？　いったい夢のなかにも車掌がいるものだろうか。男は通路をわたしたちのほうへ近づいてきた。あの男、現実の人間にしてはいやに鋭くうたぐり深そうな目つきをしているぞ、などとぼんやり考えていると、男はとつぜんしゃべり始めた。そして男がいろいろ話していくうちに、わたしたちは夢ではなくて本物の汽車に乗ってしまったことに気づかないわけにはいかなかった。

「なぜこの汽車にお乗りになったんですか」車掌は言った。「ポンボーにはこの時間、汽車が通らないことぐらいご存じだったでしょうに。いまお乗りになっているのはミラノ行きの特急です。幹線の線路上で貨物列車が脱線事故を起こして、復旧までには二日もかかるので、この特急も急きょ迂回することになったんですよ」

わたしは口答えする気にはなれなかった。車掌は話を続けた。

「この列車はつぎの駅で停車しますので、そこでお降りになってください。普通列車と交換しなければならないのです、単線ですからね。ポンボーで交換のはずでしたが、先の駅まで行ってしまってもよいという指示があったのです」

この技術的な説明に、わたしはちょっとがっかりした。汽車はまもなく停車し、わたしたちはいまだに頭がもうろうとした状態のままで、土を盛っただけのプラットホームに降りた。

降りるやいなや、ガールフレンドは言った。

「おめでとう。あなたは白昼夢の技術に関して、長足の進歩をとげたってわけね。このぶんでいくと、いつかわたしたちは、気がついてみたら、氷河のてっぺんとか、炭鉱の奥にいるなんてことになるんでしょうね」

「そうなりゃあ、きっと面白いだろうさ」わたしは答えた。「でもねえ君、そういう君は、なんだってまたぼくのあとに付いてきたんだい」

「なんで付いてきたかですって！　そんな言い方ってないでしょう」

夫婦や恋人同士で議論をしているときには、あまり率直にものを言わないほうがいい。おかげでわたしも、あやうく当然至極の怒りに触れるところだった。

ところがその瞬間、彼女の目のなかに、夜明けの光が映っているのが見えた。そしてそのとき、彼女のほうでも、わたしが彼女の目のなかに夜明けの光を見ているのに気づいた。

わたしたちがその小さな駅をあとにしたときにはまだ、駅の職員がこのとてつもなく長い列車を正確な位置に停車させるのに悪戦苦闘しているところだった。わたしたちは村の宿屋に行った。

わたしたちは椅子に腰を落ち着け、汽車の窓からながめた景色について話し合った。永遠の景色が見えるというのは、めったにあることではない。でも、それはたしかにあるのだ。そのうえ、ウエイトレスがコーヒーを運んできたとき、わたしたちは部屋の隅にいる一組のカップルに気づいた。うら若い娘が若者の肩に頭をもたせかけていたが、その若者というのが、さっきポンボーの駅のおんぼろベンチにすわっていたあの男だった。

わたしたちの驚いた様子を見ると、若者は言葉をかけてきた。

「たぶん、あの駅員があなたがたにぼくの話を（というよりもぼくたちの話を）したんでしょうね……　じつをいえば、ぼくが駅に通ってあの線路のまえにすわっていたのは、幻の汽車を待っていたのでもなく、未練がましい思いにふけっていたわけでもありません。ぼくがあそこに行っていたのは、まさしく、ぼくが愛していたひとにそこで会うことはありえないというそれだけの理由からでした。ところが、会うことのありえないその場所で、ぼくはそのひとに会ったというわけです。しかも夢や幻ではなく、正真正銘、生きている彼女にね」

わたしたちは言うべき言葉が見つからなかった。彼は続けた。

「彼女は迂回したあの汽車に乗っていました。あの汽車の乗客は誰もみな、例の脱線事故のせいでまだ起きていて、事故についてあれこれしゃべっていたのです。彼女はひとりでした。窓ガラスに顔をくっつけてそとを見ているそのすがたが見えました。両親が彼女をイタリアに行かせようとしたんです。もちろん、彼女はもうイタリアには行きません」

彼女は美しい娘だった。その名前は聞かずにしまったが。

わたしたちは宿屋を出て、川沿いの道を散歩した。わたしたちが乗るはずの普通列車の汽笛が聞こえた。けれども、そんなことはもうどうでもよかった。この川で水浴びをし、この村にしばらく滞在するのもいいだろうなどと考えていた。旅は単純に見えながら、信じられないようなことがよく起こるものだ。

失われた言葉

あらゆる言葉が、パン屋で小さなパンを注文するのに使う言葉とくらべてさえ、取るに足らぬものになってしまう、そんな場所がある。それはたぶん、その周辺に漂っている異常なほどの静寂のせいなのだろう。つまり、その静寂がわたしたちのどんなに流暢なおしゃべりをも吸い取ってしまうのだ。マルチニャンよ、あの部落のはずれにたどり着くとすぐに、いま自分たちがいるところはまさしくそのような場所なんだと気づいたのだったね。そこで、わたしたちは立ち止まり、あたりの様子をうかがった。

街道は、生垣のまえで右に折れていた。左手は草原と森になっている。右側には小さな家があって、その切妻は生垣に接していた。その家からさほど遠くないところを、低い塀にそって小道が走り、そのまま谷と空とのあいだに消えている。このささやかな一画は、見れば見るほど、全体のながめにしっくり収まっていないという気がしてくるのだった。まるで、この地方全体から遊離してしまっているかのように。たぶんそれは、左手の高原のうえに広がっている牧場と右手に見える谷と空が作り出す不安定な空間とのあいだに生まれる不均衡のせいにちがいない。けれども、むしろわたしは、世界の特定の一画をほかから隔絶した孤立状態に追いやる一種の断絶がときおり生じるのだと思う。あたかもその一画がすっかり無用なもの、あるいはよけいなものになってしまったかのように。

その小さな家のまえには、じつにみごとなベンチが置かれていた。それは、フランスの大きな町にあるもっとも美しい辻公園にこそふさわしいものだった。ところが、この土地の所有者であるにちがいない男がすわっていたのは、そのベンチではなく、建物の角のちょうど小道に面したところに置かれた、どう見てもすわり心地がよさそうには思われない横長の石のうえだった。

「見てごらん」わたしはマルチニャンに言った。「どんな欠点もなく、しかも大いに威厳のある椅子こそ、人類の進歩のもたらしたもっとも創意に富んだ産物だと言ってもいいくらいなのに、いざそんな椅子をまえにすると、わたしたちは、そんなところにすわるのだけはまっぴらだという気になるものなんだよ」

その男と近づきになろうと思い、いろいろ策を練ったが、結局はどんな小細工を弄しても五十歩百歩だということになり（わたしたちのようなつまらない散歩者にはよくあることだが）、とうとう意を決して彼のそばに行き、「こんにちは」とあいさつした。

男は老人で、しかもわたしよりもはるかに高齢だった。彼はこちらを振り返り、でこぼこした石のうえの、自分のとなりにすわるようにと手招きした。わたしたちがそこにすわってしばらくすると、彼はわたしたちに向かって長い話を始めた。ひとの話をじょうずに聞くことを心得ており、しかも自分からは何も言うべきことはない、そんなそぶりを見せるだけで、さっそく相手はいろんな話をしてくれるものだ。それは、飢えたひとを見ると、誰もがパンや木の実を与えたくなるのと同じ心理である。そんなわけで、世界のいたるところで、わたしたちは多くの善意に恵まれることになる。老人は言った。

「わたしたちの前方、あの塀の土台のあたりに、何枚かの葉をつけた小さな棒のようなものが見えるでしょう。そう、あの小道にせり出すようにして伸びているやつです。あれはライラックです、などと言っても、あなたがたに何ひとつ教えたことにもならないでしょうが、あのライラックがこの数年間で三センチも伸びず、ただ根元がわずかに太くなっただけだと申し添えれば、あなたがたも大いに驚かれるでしょう。ライラックの根が塀さえつき破るということはよく知られていますが、ふつうなら、この木はそんなふうにどんどん成長していくものです。ところが、あの若木の場合はまったく違って、わたしが毎日欠かさず水をやるように心がけているにもかかわらず、石に押さえつけられて、少しも大きくなれないのです。

花ひとつ咲かないこんなみすぼらしい木に、なぜこれほどの気遣いを示すのか、たぶん、あなたがたには不思議に思われるでしょうね。これは一風変わった話、そして何よりもじつに微妙な話なのです。

ご想像いただきたいのですが、この小道はわたし以外に誰も通りません。わたしもただ、坂の下のほうにある果樹園に行くときに通るだけです。毎年春になると、小道にはびこるイラクサや雑草を刈り取るのを、わたしは長年変わらぬ習慣にしてきました。それなのに、なぜあのライラックの若木だけは切らずにおいたのか、いまもって分かりません。まったく見栄えがせず、しかもしなやかさに欠け、風にそよぐことさえしない（せめてそうしてくれれば、少しは目の楽しみになるでしょうが）ごくつまらない木なんですがね。

　ところが、何年かまえのこと、ある日わたしがこの低い石のうえに腰を下ろして鎌を研ごうとしていると、とつぜん、ひとりの娘が谷のほうから小道を上がってきて、わたしの目のまえを通りすぎていきました。けれども、わたしにはまったく気づかない様子でした。彼女は軽いワンピースを着て、素足をすらっと伸ばし、髪を風になびかせていました。わたしが何気なく見ていると、彼女の脚がライラックの若木にひっかかり、木は折れんばかりに撓みましたが、すぐにまるでバネのように勢いよく元に戻りました。あまり勢いがよかったので、わずかな葉が風を切ってヒューと鳴り、そのうちの一枚は落ちてしまいました。それはほんのささいなことですが、わたしはこの小さな事件に強く心打たれたのです。

　やがて娘は部落の家々のあいだを遠ざかっていき、わたしも彼女のことをそのまま忘れてしまいました。忘れていたと言っても、それは翌日までのことでしたが。それというのも、翌日このみすぼらしいライラックをながめていると、彼女のすがたが、しかもその全身が、ふたたび見えてきたのです。とはいえ、彼女がすがたを現わしたのは、目の前の小道のうえではなく、わたしの心のなかでした。彼女の脚、髪、顔、要するに彼女の優美さのすべてが、手に取るように見えました。そしてその日以来、娘の映像はかたときもわたしの心から消えないのです。

わたしはこの娘が誰なのかを知ろうとしました。この部落では誰も彼女のことを知りませんでしたが、隣村でようやく彼女のうわさを聞くことができました。それによると、彼女は未婚のお嬢さんで、いとこの家に来て二日ばかり泊まっていったそうですが、その二日間ひどく退屈してしまい、もう二度とこの土地には来ないだろうということでした。

もう二度と来ないって！　でも、それがいったいわたしにどんな関係があるというのか――わたしはそうつぶやきました。けれども、わたしの心のなかでは、まるで娘を親しく知っているかのように、彼女はしだいにその存在感を増していくように思われました。じっさいには、ほんの一瞬、娘を垣間見ただけなのに。わたしは娘にまた会いたいとは思いませんでしたし、仮にそう思ったとしても、そんなことには何の意味もなかったでしょう。そこでわたしはこう考えました。娘がこんなに親しく思われるのは、彼女とわたしのあいだにまさしく越えがたい距離があるからだ、と。

わたしは物思いにふけることが多くなりました。けれどもそれは、この明白な事実について考えるべきことが多かったということではなく、その日以来、わたしの周囲に広がる田園のどんなにささいな事物であれ、それまでとはまったく違った目でながめるようになったせいなのです。すっかり老人になったわたしには、花も鳥も虫も、結局のところ、あの娘と同じように、遠く手の届かないところにありました。手の届かないというのは、たとえば女の子に花を摘んで花束を編んであげるとか、鳥たちのように旅をするとか、自分の運勢を知ろうとして草むらの虫たちの言葉に耳傾けるとか、そうした未来のことを考えることすら、わたしにはすでにできなくなっているということです。もはや運命を握っているのはわたし自身ではなく、わたしが生きるいまの一瞬一瞬が運命だったのです。それだからこそ、いまの一瞬があれほどにもいとおしく、また美しく思われたのでしょう。ちょうど、あの娘がそう思われたのと同じように。

それは単なる言葉上の問題だろうとも考えました。あるいはまた、わたしの生活のあまりの貧しさゆえに、ちょうどあの娘の思い出によって心を満たさなければならなくなったのと同じように、身のまわりにあるそうした自然の驚異でもって目を楽しませる必要があったのだ、などと考えることもできたかもしれません。けれどもそれだけでは、平凡で憂い多い日々の生活とはおよそかけ離れた一種の情熱のようなものが、どうして私の心にあふれていたのか、まったく説明がつかなかったのです。

わたしはしばしばやって来てはここにすわり、あのライラックの若木をながめました。するとあの娘の脚、髪、そして目……　それがつぎつぎに心に浮かんでくるのです。月日はどんどん過ぎていきましたが、どんなに時が経っても彼女がわたしの心にとどまり続けるだろうことはたしかでした。わたしは自分に言い聞かせました――すべては消え去っていく、だがすべては戻ってくる、と。毎年春になると、いろんな花がつぎつぎに咲き出します。最初に咲くのはあの塀のうえのナズナの花、そしてクワガタソウ。それから昆虫がすがたを現わします。大きくて紫色をしたクマバチ、春生まれのミツバチ、コンクリートのひび割れにさえ巣を作るツツハナバチ。もちろん鳥たちも……　たくさんのものが蘇り、また戻ってきます。しかも、かならず繰り返されるこれらの回帰や再生なくしては、何ものも真に存在しえないのです。もし戻ってくるということがまったくないとしたら、立ち去っていくひとりのひとの美しさなどというものを、はたして想像することができるでしょうか。

この石のうえにすわって、そうした考えを追っていた折も折、わたしは奇妙なことを目撃しました。

わたしはあの小道をぼんやりながめていました。そう、ちょうどいまあなたがたがながめておられるような具合にです。それに頭のなかでは、さっきの考えはどうもおぼつかない、などと思っていました。世界は機械仕掛けで動いているわけではありません。それは、なんと説明したらいいか、瞬間的で行きあたりばったりの出現にほかならないのであって、その出現には時間的にも場所的にもなんら確たる理由はないのです。あらゆる限界を超えたところにある保証として、ただ奇跡的な瞬間だけが、世界の秩序がすっかりひっくり返ってしまう瞬間、たとえばわたしたちが初恋と呼ばれるものを体験するときのような、あの瞬間だけが重要なのです。わたしが奇妙なことを目撃したのはそのときでした。しかも、じっさいにこの目で見ないうちから、わたしはそれが起こることを知っていたのです。というのも、小道と塀を坂のうえのほうから順に、ずっと目で追っていたのですから。わたしの視線があのライラックの若木まで達したとき、いつかの娘が通りかかったときとちょうど同じ具合に、木が折れんばかりに撓うのが見えました。でも、娘なんてどこにもいませんでした。あるいはひょっとして、この異常な出来事は、どんな時代にも、またどんな世界にもいる、まったく似たり寄ったりの千の娘たちがやがて現われるだろう、その前触れだったのかもしれません。ともあれ、ライラックの若木が撓い、それからすぐに勢いよく元に戻ったために、数少ない葉の一枚が落ちました。さあ、これでお分かりになったでしょう。わたしがいつもここに来て、きっとあなたがたもその優美な形を嘆賞されたにちがいないあのベンチにどっかとすわるかわりに、この石のうえに腰かけているわけが」

「じつにみごとなご講釈ですね」わたしはさっそく言った。「あなたの楽しいお話に、お礼の申しようもありません」

「ごていねいなお言葉、おそれ入ります」老人は言った。「だが、あなたがたにも何か面白いお話のひとつやふたつおありでしょう。よろしければ、それを聞かせてくださらんかな」

マルチニャン、君はそのときわたしを軽蔑の目でちらと見たっけね。わたしが黙ってはいられず、老人の話のお返しに、それよりもっとたわいない話（そんな話があるとして）をでっちあげようとするにちがいないと、君はあらかじめ分かっていたわけだ。

「それでは、せっかくですから、お話しすることにいたしましょう。あなたがお話しくださったのとよく似た話です。もっとも、まったくぱっとしない話ですがね、少なくともちょっと見たかぎりでは。

ある日、わたしは運河にそって歩いていました。ここから数キロのところで、そのあたりは台地になっているはずなのに、むしろ起伏のまったくない奥の深い平野に見えました。それはたぶん、地平線に連なる丘陵をポプラの並木が隠しているために、曳舟道がどこまでも果てしなく続いているように見えたからでしょう。わたしが板張りのそまつな小屋に注意を引かれたのも、おそらくはこの単調なながめのせいでした。この小屋は、運河の保安作業員の道具を置いておくために作られたようです。というのも、このあたりの土手は地盤が軟弱なために崩れやすく、それをたびたび補強しなければならなかったのです。わたしは、運河に向かってすっかり開け放しになっているこの小屋に入り込み、そこに長いあいだつっ立ったまま、運河の水面とそのうえを飛んでいるトンボをただぼんやりと眺めていました。一艘の川船も通りませんでした。

けれどもほどなくして、道をやって来るひとりの娘のすがたが見えました。彼女は立ち止り、わたしと同じように、小屋のなかに入ってきました。雨が降っているわけでもなく、こんなところに入り込む理由なんて何もなかったのに。娘はわたしのすぐわきに佇んでいましたが、わたしがいることなどまったく眼中にありませんでした。彼女もまた運河の水面を眺めていたのかもしれませんが、よくは分かりません。たがいに話しかけようともせず、わたしたちは黙ったまま、じっと立っているばかりでした。彼女はわたしにくっつくようにしていたので、通りがかりのひとが見たら、親しい友だち同士だと思ったにちがいありません。わたしはただ、偶然が持ち前の夢想家気取りの友情を発揮して、美しいひとりの娘を、しばしのあいだ、わたしのそばに置くというたぐいまれな贈り物をしてくれたのだ、そんなふうに思いました。それほどにも娘はきれいでした。わたしはこの深い沈黙を破ることを恐れて、指一本動かすこともできずにいました。やがて彼女は小屋を出ていきました。運河にそって何百歩か歩き、それから運河のすぐわきにある農家（あいにくと、わたしのいるところからは見えませんでしたが）に通じる脇道に入っていきました。でも娘とわたしとのあいだにあったあの沈黙は、ほんとうに永遠の世界に通じていたのではないでしょうか」

「あなたのお話は、私のよりはるかに微妙でとらえがたいですな」老人は大きな声で言った。「今度はわたしのほうで、なんとお礼を申せばよいやら……　ほんとうに恐縮です」

もちろん、老人のこの言葉はいささか褒めすぎというものだ。わたしは老人にそう言った。こうしてわたしたちはいつまでもお礼の言い合いをしていたものだから、ようやくさよならを言って別れたとき、空にはもう星が光っていた。

都会の鷲

それは〈都会〉で起きた出来事である。その〈都会〉とはいったいどんな都会か、あなたにはまったく想像もつかないだろう。というのも、こうして過去形で語ってはいるが、じつはそれは未来の都会なのだから。その巨大さを思い描くには、この都会の北側ではほとんど一日中凍りついている最果ての地方を思わせる気候であり、一方南側ではときに耐えがたいほどの暑さに見舞われ、年がら年中からっと晴れ上がった天候である、ということを知らねばならない。だから、市街区や団地や場末町、空港やどこまでも続く大通りなどについて語るだけでは足りない。大きな建造物が深い森や耕された広い平野をぎっしり囲んでいるのだ。この都会のなかを〈旅して〉いちばん驚くことは、森のはずれにそって果てしなく続く大通りの歩道をいくら歩いていっても、セメントと石造りの家並みからけっして抜け出ることができないということだ。それでいて、雑木林の奥のほうから、飼いならされたキツネの鳴き声やキジバトのさえずりが聞こえたりする。また同じように、麦畑にそってどこまで歩いていっても、その周囲には家々の無数の窓がびっしり並んで、こちらをじっと監視しているように思われる。さらに別のところに行ってみると、一日中歩いても目に入るのは狭い公園ばかり、そして公園には地域によって白樺や棕櫚が植わっているのだが、それがみんな枯れかかっているのだった。狭い通りや路地には、小さな工場が立ち並び、無数の人がごみごみと暮していた。この大都会のなかの、そうした草も花もない地方あるいは地域のひとつに、フレデリックは住んでいた。

少年時代が終わるとさっそく、彼は家具職人（それはこの時代になってもかろうじて残っている数少ない職人仕事のひとつだった）の見習いになった。彼は狭い中庭の奥にある作業場で働いていたが、そこには二十人ほどの同僚がいた。彼が住んでいたのは作業場のうえにある屋根裏部屋だったが、日曜日になってもひとり中庭に残り、一日中本を読んだり、飛んでいる虫をながめたりしているのだった。映画を見に行く気もしなかったし、夏になっても、急行列車で二時間ほどのところにある人口海岸へ泳ぎに行きたいとも思わなかった。そんな休みの日には、どこにも行かずにじっとしたまま、何かを待つのが自分の運命のような気がするのだったが、ただどうにも不可解だったのは、彼には金輪際待つべき何ものもないということだった。この場末町は、幹線道路からもかなり離れていたこともあって、異様なほどの静けさに包まれていた。飛んでいる虫と雲をのぞけば、何ひとつ見るべきものはなかった。

ところが、よく晴れ渡ったある日、フレデリックは、中天あたりのはるか上空を一羽の鳥がさまよっているのを認めた。鳥についてよく知らない彼は、最初、風に流されてきたモリバトくらいに思っていたのだが、やがてその鳥がこちらに向かって舞い降りてきて、それが大きな鉤型の翼をしているのに気づいた。それは鷲だった。

いったいどうしてこんな猛禽がいまだに生き残っていて、しかも自然が与える餌も住むところもまったくないこんな都会の上空をうろついているのか、さっぱり分からなかった。たぶん、大きな建物の解体現場や絶えずほじくり返されている土地にできた洞などを住処にしているのだろう。それから何回か、日曜日のたびごとにこの鷲を見かけたフレデリックは、とうとう鷲に話しかけた。まるで彼が言っていることを鷲が分かっているみたいに。

「都会の大鷲よ、ぼくは君の友だちになりたいんだ」フレデリックは鷲に会うたびに、そう繰り返すのだった。やがてある日、鷲は屋根すれすれの高さまで一直線に急降下してきたかと思うと、今度は斜めに滑空して、中庭の奥に積み上げられた材木のうえに舞い降りた。

それはいかにも猛禽らしい鋭い眼をした金色の鷲だったが、よくメダルの浮彫などに見られるような猛々しさはなかった。いかにも超然とした様子、晴れやかな忍従の態度……　フレデリックは長いあいだこの鳥のすがたに見とれていた。この鷲と友だちになりたいという彼の願いがとつぜん叶えられたことで、中庭と作業場がたちまち驚異に満ちた現実となった。

「こんなに長いあいだ……」フレデリックはつぶやいた。「こんなに長いあいだ、ぼくはここに閉じ込められていたんだ。ようやくいま、ぼくの友だちよ、ぼくは君の目のなかに、この都会にそってどこまでも広がる地方を、この街に住むどんなひとも知らない地方を、見ることができる。また果てしない空を、たぶんいくつもの違った空を、見ることもできるだろう。だって、鷲の目は、これまでに見てきたすべての光景をとどめていると言われているから」

鷲はじっと動かなかった。周囲の何ものをも意に介さないように見えた。フレデリックが近寄っていったときにも、鷲はただこちらを振り向いただけだった。まるで、何でもおまえが見たいものを好きなだけ見るがいい、と言っているかのように。けれども、鷲の目をのぞき込んだフレデリックは、すっかり驚いてしまった。

鷲の目のなかに彼が見たものは、ただひとつの花、乾ききった芝土から生えたような、ひょろひょろの青いクワガタソウの花だけだった。すぐに鷲は翼を広げると、大きく羽ばたいて空に舞い上がった。

その後も、鷲はときどきやってきては、積み上げた材木のうえに止まった。フレデリックは日曜ごとに中庭の奥から鷲を呼んだのだ。その呼びかけはほんの小さな声で、鳥にも聞こえるはずはなかったが、それでも鷲はかならず舞い降りてくる。この何回かの訪問でも、フレデリックは鷲の目のなかに自分が想像していたような広大な処女地を見ることはできなかった。彼がそこに見たのはごくありふれたものばかりだった。たとえば火打石とか、ポプラの木の葉とか、一匹の魚とか、一輪のバラの花とか……しかも、そうしたごくありふれたものがこのうえなくすばらしく思われるのだったが、なぜそれがすばらしいのか、どうしても分からなかった。

　鷲はある日捕まってしまった。フレデリックが聞いたところによると、鷲は肉屋を襲って肉をかっさらうばかりか、窓に吊るしてある鳥かごを足の爪でつかんで持ち去るようないたずらさえして、そのあげくに、盗んだ鳥かごを足爪でこじ開け、中にいたカナリアを逃がして面白がっているという。このいたずら好きな猛禽は、近くの動物園の鳥小屋に閉じ込められてしまった。

　ところがじきに、大空高く舞うそのすがたを見ることができた。フレデリックが動物園の飼育係と友だちになり、鷲を檻から出すことにまんまと成功したのだ。ふだんは頭の固い市のお役人も、このささやかな冗談には目をつぶってくれたようだ。ふたたび鷲は空を舞い、ひまに飽かして略奪を繰り返した（いずれまた牢獄にぶち込まれるだろう）。けれども、今度はもうフレデリックの中庭にはやって来なかった。鷲は街角や、外灯のてっぺんや、乞食の弾く手回しオルガンのうえに降り立つのだった（この時代になってもまだ、乞食の数を減らすことはできなかったわけだ）。すると、子どもたちがいっせいにこの金色の鷲の目をのぞき込みにやって来る。フレデリックには、子どもたちと鷲が飛んでくるのを待ち、鷲が地上に降り立つと、彼らといっしょに歩道を走っていって、世にもめずらしい友に再会することが、新しい楽しみになった。

それは現実の生よりも千倍も美しかった。ひとつの不滅の眼差しが発するまばゆい光のなかでは、どんなに取るに足らないものでも生き生きと蘇る。こうしていつしか、少年たちは、鷲の目のなかに、とうの昔に失われたと思われていたあらゆるものをふたたび見出したのだった。まぶしく輝く海を、十字架にかけられた男を、どこまでも続く坂道を、雪のうえを歩く巡礼者たちを、そしてまた、バカンスの太陽よりもはるかに澄み切った光を湛えながらひっそりと空にかかる日輪を。

金の鳥

その郵便配達人の話しぶりはあまりに巧みだったので、みごとに秩序立ったその話をそっくりそのまま再現します、などとはとても言えたものではない。それでも、わたしはその不可能なことをあえて試みたい。話の本筋にかかわるどんな細部も漏らしたくはないからだ。それは、わたしが理解したかぎりでは、この男と郵便局のお偉方との行き違いにまつわる話である。以下が男の話。

郵便配達用にライトバンをあてがわれたときには（たしかに配達区域はやや広範囲に渡っていました）、わたしもすっかり喜んでおりました。寒い冬とか嵐のときとかには、車は自転車やバイクよりも快適ですからね。もちろんわたしは、郵便配達夫が、野を越え山を越え、てくてく歩いていった時代のことは直接知りません。

新しい車を運転するうれしさに、一軒一軒配達して回るのにもかならず車を使いましたし、人里離れた農家に行くにも、便利な近道を自分の足でひとっ走りするかわりに、車が通れる回り道を選んだものです。ところが春が来て、やがて夏になりました。緑が美しく映える森や草原を見るにつけ、時々、バイクを使っていたころのことがなつかしくなりました。

二輪車から飛び降りるような気軽さで、車のそとに出るわけにはいきません。別段、そとに出るのがめんどうだというわけでもないのですが、その必要に迫られないかぎり、座席にでんと構えたまま、ドアを開こうという気にはなかなかなれないものです。ドアを開くか否かは、つねに深刻な問題となります。そう、わたしは、バイクをしばしのあいだ森の道端に放り出し、季節ごとに、キノコやスミレの花やクルミの実などを採りに森に入っていったころのことがなつかしくなったのです。単なる未練さ――そう自分に言い聞かせました。科学の進歩によって、わたしたちはこうしたつまらないまねを軽蔑するすべを学んだのであり、そんな子どもだましには詩人でさえ（それが本物の詩人なら）うんざりしているのです。

そんなわけで、わたしはそうした記憶をふり払い、もっぱら最小の時間で配達を終わらせるようにこころがけ、距離をメートル単位で、時間を秒単位で細かく数え、どことどこに停車するのが一番いいかを正確に計算することに努めました。とはいえ、こうした殊勝な考えは得てして裏目に出るものです。

九月のある日、アルトンヌ村のはずれにあるオーランの農家に行くのに、車で行くかわりに畑の小道を歩いていけば、かなりの時間の節約になると思いつきました。車ではひどい悪路を行かねばならず、尖った石がごろごろしていてタイヤは傷むし、そのうえオーランの農家に行くには、この道を折れてから、さらにかなり奥まで歩いていかねばならないのです。

言い訳しようとしているなんて思わないでください。じつをいえば、この小道に入っていくと、早速、時間をあっさり忘れてしまいました——しかも、秒単位どころから十五分単位の時間を。その道は小さな林にそい、その林の反対側はわずかな草地をへだてて大きな森になっていました。わたしは、かつてこの森のはずれでラッパ型アンズタケとかムラサキシメジといったキノコを（わたしはあなたがご想像になるより教養があるのです）

見つけたことを思い出しました。とはいえ、このわずかな散歩の途中で、自然のほんの細かい部分にまで興味を持つようなことがなかったならば、事態はそんなに深刻にはならなかったでしょう。わずかな草地のなかの光とか、鳥とか……　けれども事件は、むしろわたしが光に心を奪われたことから始まったように思います。

朝、このあたりを通りかかると、芝草の生い茂る斜面には幾筋もの光が、まるで草の根元から発しているかのように、地面すれすれに輝いているのが見えますが、そのながめは一見に値しますよ。ともあれ、ある朝のこと、大きなアザミの根元から、かつて見たどんな光よりもさらに強い光が発しているのを見つけました。その光は目がくらむほどに輝いていたというわけではありませんが、まあ言ってみれば、かなり強かったのです。雷が落ちたときに、入り組んだ道づたいに転げまわるあの火の玉を小さくしたような感じでした。ほんとうをいうと、わたしはすっかりこわくなってしまったのですが、逃げ出したいとは思わず、この異様な現象にただ驚嘆するばかりでした。この現象の犯人が一羽の鳥であることに気づくには、しばらく時間がかかりました。わたしはその鳥が草のあいだを走り抜けていくのをはっきり見たのです。

　草原に火をつけたときに地面を走っていくあの炎にも似ていましたが、ただこの炎はそこの一点だけで燃えており、しかも日の光に当たっても、かすんでしまうどころか、むしろいっそう輝きを増すのでした。鳥はやがて軽くひと飛びして、少し先のほうへ行きました。翼がはっきり見えましたが、それはさほど大きくはなく、キバシリかミソサザイの翼くらいにほっそりしていました。それは金の鳥でした。

　そのとき、わたしの脳裏にどんな考えがよぎったか、いまとなってははっきり覚えていません。たしかなのは、その鳥を追いかけなければ、と思ったことです。何のために？　そんなことは考えもしませんでした。それを見た最初の瞬間から、これが幻覚などではないことを知っていましたが、ともあれ、なんとしてもその鳥をまた見つけ出してやろうと思いました。

　最初は、鳥をおびえさせないようにと、ごく慎重にあとをつけていきました。するとじきに、数歩先のところにいるのが見えました。鳥はふたたび草むらのなかにもぐり込み、驚くほどの速さで走り去りました。もう一度飛び上がったあと、どさっと地面に降り立ち、芝草のなかに紛れ込んだかと思うと、いつの間にか斜面のうえのほうに達していました。鳥は森のなかではなく、開けた野原のほうへと向かっていたのです。

鳥を追いかけて台地のうえにたどり着いたころには、さっきの慎重さもどこへやら、飛び上がったり、地上を走ったりして逃げていく鳥のすぐうしろを、わたしは夢中になって走っていました。長い時間あとをつけていましたので、鳥の軽やかな体のどんなに細かいところもじっくり観察することができました。その風切羽、胸の綿毛、脚、くちばし、全身これ金ずくめでした。ただ眼だけは同じ金色でも、もっと緑がかっていて、しかもいっそう強く輝いていました。「おまえは何という種類の鳥なんだい？」わたしは思わずつぶやきました。そう言いながらあたりを見回すと、いつの間にか刈り取りの終わった麦畑がどこまでも続く広い平地の真ん中に出ていました。

右手のはるか向こうで、ひとりのお百姓がトラクターに乗って、畑を鋤き返していました。でもそうした周囲の景色は、まったくわたしの眼中にありませんでした。ただわずかに、遠くに見えるアルトンヌの聖堂のすぐ上空に、小さな雲が浮かんでいるのがちらっと目に入ったのがせいぜいでした。わたしはまた走り出しました。鳥はまるでパチンコで飛ばした石のように、しだいに長い距離を飛ぶようになったのです。牧場の柵の柱のうえに止まったかと思うと、つぎはハシバミの枝に止まり、最後に台地を越えて下っていく谷間のポプラの木のてっぺんに止まりました。こうして、わたしはとうとう鳥を見失ってしまったのです。

最後に鳥のすがたが見えたのは、サンザシと生垣のうえの青空を飛んでいるところでした。わたしは生垣をぐるっと迂回しなければならず、そのあいだに鳥はどこかに隠れてしまいました。生い茂った草むらにキンポウゲが混じる荒れ果てた牧草地のようなところを、わたしは四方八方さがし回りました。そこには家畜の残した深い足跡があちこちにあって、小さな金の鳥が隠れるにはもってこいの場所でした。でもわたしは、鳥がこんなところでぐずぐずしているだろうなどとは一瞬たりとも思いませんでした。それどころか、あいつは少しも休まずに、同じ方向をまっすぐに飛んでいくだろうという、じつにはっきりした確信を抱いていました。だから、わたしもこのまままっすぐ行けば、いつかは鳥に追いつけるはずでした。あいつは渡り鳥で、このあたりはただ通過するだけだったので、今日までまったく知られずにきてしまったのだ――わたしはそう思っていました。

歩いたり、走ったりして、わたしはどんどん進んでいきましたが、やがて夕方になり、あたりは暗くなってしまいました。人里離れた野や丘を越えて、どこまでもまっすぐに歩いていくこの遠足がどこをどう通っていったものやら、いまでもさっぱり分かりません。わたしが覚えていることといえば、二、三の街道を横切り、一本の小川を難儀して渡ったことくらいです。わたしが記憶しているかぎり、その日の野や畑を照らす光がいつもより明るかったというわけではないのですが、ただその光の差す方向が変化しているように思われました。事件のすべてはその光の方向のせいで起きたのだといまでも思っています。あの日、わたしを導いていたのは、いつもとはまったく違う、じつにたしかな実在感をそなえたその光の方向だったのです。とはいえ、そうしたあらゆる光にも増して、あの金の鳥こそ、ふつうの事物にはめったに感じられない存在感に満ちていました。

こんなふうにして、あたりが暗くなったときには、自分の住む町から三十キロほどのところにある、ドンジィという町の入口にたどり着いていました。わたしは人気の絶えた通りを歩いていきました。通りに続く家並を見ると、郵便配達という自分の果たすべき慎ましやかな職務を（おまけに、その日はまだ全うしていない職務を）思い出しました。わたしは肩にかけた鞄のなかをさぐりました。

　鞄のなかには何通かの手紙が残っていました。誰宛ての手紙か、ですって？　そんなことはもうどうだっていいという心境でした。それらの手紙は鞄のなかに入れたまま、明日、とうぜんのことながら、名宛人に配達すべきであることは重々承知しておりました。ところがどうしたことか、その手紙をすぐにもやっかい払いしてしまいたいという気持ちがとつぜん頭をもたげたのです。わたしはところどころの家の戸口の下に手紙を滑り込ませると（そのときには、それがまったく誠実な処理方法だと思われたのですから不思議です）、町を出てすぐのところにある畑にもぐり込んで、そのまま寝てしまいました。

　わたしの話はこれで終わりというわけではありません。いままでお話ししたことだけでは、何も証明されたことになりませんからね。わたしたちがもっと注意深くあれば、日々生じているはずの、こうした奇跡的なヴィジョンの出現それ自体はとりたてて何を意味するわけでもないのです。居心地のよい堀で一晩たっぷり眠ったあと、ふと目を覚ますと、いつものベッド以外の場所にいることにびっくりしました。昨夜の記憶がすぐによみがえってきました。そのとき、わたしはすっかり観念するべきだったのです。ところがそう思う一方で、まだ何か新しい事件が起きるにちがいないというたしかな予感がありました。朝の大気のなかには、何かしらいつもとは違った雰囲気が漂っていたのです。

とはいえ、わたしがとった行動はきわめて実際的なものでした。ドンジィには駅があり、そこを明け方に通る汽車に乗れば、ほんのわずかな時間で、わたしの住む郡庁所在地の町に着けることを知っていたのです。帽子を上着の内ポケットに押し込み、鞄をサラリーマン風に手に下げると、わたしは駅まで走り、切符を買いました。ところが、わたしはプラットホームへ行くかわりに、駅舎のそとに出て、駅の前で待ちました。

いったい何を待つというのか？　しかし、その答えはすぐに分かりました。この低い土地に降りてくる霧を透かして、牧場のふたつの柵のあいだの道をこちらにやって来るひとりの若い娘のすがたが見えたのです。わたしもすぐに彼女のほうに歩いていきました。まるで彼女が以前からの知り合いでもあるかのように。わたしが彼女の手を取ったときにも、彼女は驚きませんでした。わたしは彼女を抱きしめました。すると彼女もわたしに強くすがりつきました。

そのとき、ディーゼルカーの警笛が聞こえました。「行ってください」彼女は言いました。「二度とお会いしないでしょう」わたしはもう一度彼女を抱きしめると、あとも振り返らずにホームを走りました。汽車が動き始めると、わたしはドアのまえに立ちました。踏切のまえに、彼女のすがたはありませんでした。そこに彼女が立っていて、こちらに向かって手を振っていたとしても不思議はなかったのですが。でも、わたしはそんなことは期待していませんでした。彼女が言ったように、わたしたちは二度と会わない運命にあったのですから。

その小旅行のあいだ中、頭のなかでこの出会いのことをなんとか説明づけようと試みました。わたしがでたらめにドンジィの町の家々の戸口にすべり込ませた手紙のうちの一通が、たまたま知らない男からある若い娘に宛てたものだったのかもしれない。逢引き……　場所は駅……　でも宛名書きは違うはずだ。あるいは宛名はほとんど判読できず、ただ名前だけがかろうじて読めたのかもしれない。けれども、それ以上の問題として、若い娘が見ず知らずの男に心ひかれるというようなことがありうるのだろうか。そんなことは想像もできませんでした。いくら考えても、すべては説明不可能でした。ただし……　ただし……　わたしはあの金の鳥のことを思いました。ただし、前日以来、わたしが世界の向こう側を通っていたとしたら、世界の向こう側を……　お分かりになりますか。

ともあれ、郵便局のお偉方にこんなことを分かってもらおうなどということは、はじめから論外でした。事件は一件落着となり、わたしは自分が利口ぶったまねをしようとしたこと、そして（この地方ではよくあることでしたが）あらゆる規則に反して森を歩き回ったあげくに、道に迷ってしまったことを、有無を言わせず認めさせられました。わたしがドンジィから汽車で戻ってきたことなど、誰も知ろうとはしませんでした。この事実は、駅員に証言してもらうこともできたのですが。それにもともと、わたし自身、事実を立証しようなどという気はなかったのです。金の鳥についてはなんとか話すことができたとしても、世界の向こう側について、そしてあの忘れがたい若い娘について、いったいどんなふうに話すことができたでしょう。

柳のやぶ

　あなたもこの田舎にお住まいですから、高原に向かう長い一本道を並んで歩いていくふたりの男女のすがたを見かけたことがおありになろうかと思います。長い年月のあいだ、あの丘をそんなふうにして歩いていくふたりに何度となくすれちがったことがある村の住民と同じように、彼らの盲人のような挙動とすべてを見通すような彼らのまなざしとのあいだに見られる矛盾にあなたも驚かれ、どうして彼らがいつも遠くの茂みのなかに消えていくあの道ばかりをたどっていくのかと、不審に思われたにちがいありません。もしあなたが神宿る空間とはいかなるものかをご存じないとすれば、そのわけを理解することはとうていできますまい。

　彼らについては、あることないこと、いろんな噂がありますが、それもまったく作り話というわけではありません。そうした噂話にはかなり正確な細部が多く含まれていて、すべてがでっちあげとはとうてい思われないのです。

ギヨームとクリスチーヌがベルモンの町の大広場でしばしば落ち合うようになったのは、ふたりがまだ二十歳になったかならぬかのころでした。そんなある日、ふたりは川の縁に柳の木がびっしり生えたさびしいところで逢引きすることになりました。このあたりは「柳のやぶ」と呼ばれていましたが、名前の通り、野生の柳が両岸をすっかり埋めつくしていました。ふたりはたしかにそこにやってきては来たのですが、奇妙なことに、それぞれがべつの岸辺にいて、折からの雪解けで水かさを増した広い流れがふたりを隔てていました。

このすれちがいとなった逢引きの最初の瞬間から、ふたりはほとんど不機嫌そのものでした。クリスチーヌは、なぜギヨームがマルルの橋を渡ってこちら側に来なかったのか分からないと大声で言いました。その回り道はギヨームが住むソーニュの村から距離にして二、三キロはありましたが、とはいえ、向こう岸のベリュに住む彼女のほうでソーニュ側にやって来るだろうと彼が思い込んでいたとはもちろん考えられません。それは男としてとうぜんのことです。

じつをいえば、このすれちがいはかんたんに説明がつくのです。その三日前、とつぜん春が訪れたのですが、その気候の変化はあまりに急激で、まるで夏を思わせるような陽気でした。恋人に会いたい一心で、夏と同じように、かんたんに川を徒歩で渡れるとばかり思い込んでいたギヨームは、クリスチーヌと自分とを隔てる巨大な水の流れをまえにして、ぼうぜんと立ちつくしてしまいました。

ふたりに残された手段のひとつ、それはふたりがそれぞれの岸づたいに歩いていってマルルの橋のうえで落ち合うということでしたが、たぶん、それには少し時間も遅かったし、そのうえかなり人通りの多い橋やその周辺は、ふたりが望んでいる静かな逢引きにはあまりふさわしくないように思われたということもあったかもしれません。けれどもほんとうをいうと、ふたりとも自分の失望にすっかり依怙地になってしまい、腹立ちまぎれに責任を相手になすりつけることしか考えていなかったのです。もちろん、回り道をすべきなのはギヨームのほうです。とはいえ、恋に夢中になっている彼が、この上天気で浅瀬が渡れなくなっていることをまったく予期していなかったという事実を認めようとしないクリスチーヌも悪かったのです。

「それじゃあ、あなたが泳いで渡るほかないわね」彼女は叫びました。

たしかに、「愛は死よりも強し」ということになっているあらゆる伝説のなかでは、話はいきおいそういうことになりますが、この場合、泳いで渡るのが広い海峡ではないことは不幸中の幸いとしても、ぞっとするほどはげしい流れにはまだ氷塊すらちらほら浮かんでいました。しかもそのうえ、たとえギヨームが思い切って飛び込んだとしても、向こう岸の葦の茂みに入ったとき、足で立って歩くことができるかどうかおぼつかなかったのです。じっさい、そのあたりは幅数メートルにわたって深い泥の層になっていました。

「せめて君のほうの岸もこっちと同じように砂地だったら、言われなくともそうするさ」ギヨームは言いました。「君もそんなふうに草地にいないで、もっとまえに来てごらんよ。そうすれば、足が泥にはまって抜け出られなくなるかどうか分かるだろうさ」

「ほんとは冷たい思いをするのが怖いんでしょう」

ギヨームはクリスチーヌの挑発にやすやすと乗るほどおめでたくはありませんでした。彼は物語の主人公ではないのです。つまらない口げんかをこれ以上続ける気もなかったので、彼はこう言いました。

「君には今日橋のうえまで来て落ち合う気はないらしいから、あしたぼくがそっちへ行くよ」

「わたしたちのデートは今夜だったのよ。あしたでも、あさってでもないわ」クリスチーヌは答えました。「わたしはもう来ないから」

恋人同士のけんかというものは、往々にして意地の張り合いになって、行くところまで行かないとなかなか収まらないものです。ギヨームにしても、少し冷静に考えれば、こんな仲たがいなどいつまでも続くはずはないことくらい分かりそうなものでした。ところが、彼は冷静になるどころではありませんでした。ついに彼は、河原の砂利のうえにすわり込みました。そこはちょうど、柳の林をまっすぐ抜けて広い平野に出る小道の始まるあたりでした。

そこに腰を下ろすと、彼は大声で言いました。

「君がもう来ないんだったら、ぼくはここにずっといるぞ。ぼくの恋、い

「ぼくたちの恋の記念にね」

「どのくらいいるつもり？」

「決まってるじゃないか、腹が減って死ぬまでさ」

察するに、氷のように冷たい水や泥などものともせずに、川を渡ってクリスチーヌのもとにかけつけることができない自分が情けなくてしかたがなかったギヨームは、愛のためには命を投げ出すことすら辞さないという態度を（せめて言葉のうえだけでも）示したいという欲求にかられたのです。一方、クリスチーヌのほうでもまだ腹の虫がおさまらず、ほんの少しでも折れて出るなど、思いもよらないことでした。それはとうぜんすぎるくらいとうぜんのことです。

「じゃあ、ずっとそのままいなさいよ！　わたしは帰るから」

彼女は行ってしまいましたが、翌朝、またやって来ました。ギヨームは、あいかわらず、まっすぐ後方に延びている小道を背に、砂利を敷きつめた河原の端のほうにすわっていました。夜中にはどこか枯れ枝が積み重なっているようなところへ行って野宿したのでしょうが、夜が明けるとまたここに来て、馬鹿のひとつ覚えのようにすわり込んでいたのです。川をはさんで、ふたりは長いこと見つめ合っていました。どちらも一言も口をききませんでした。やがて、彼女はまた行ってしまいました。

　そのつぎの日も同じことの繰り返しでした。ギヨームは、言ってみれば、〈身じろぎも〉しなかったのです。クリスチーヌは、一瞬たりとも橋を渡って彼のところに行こうとは思いませんでした。ギヨームは向こう岸でずっとすわっていればいいんだわ——彼女はひとり、そうつぶやきました。クリスチーヌがここに来ていたのは、単なる好奇心からでした。ハンガーストライキなんて、どれくらい続くものかしら。一週間、それとも二週間？彼女はまさにそのことをギヨームに尋ねようと思っているところでした。じっさい、おかしなゲームです。クリスチーヌはかれこれ十五分も彼を見つめ続けていたのです。ふたりとも頑固に口をつぐんだままでした。とうとうギヨームが口を開きました。

「もうぼくは行くよ。その理由は勝手に想像してくれ」

　空腹、あるいは疲労のためでしょうか。それとも自分の愛にすっかり自信を失ってしまったのでしょうか。ギヨームは立ち上がりました。柳の林のあいだをまっすぐ続く小道を遠ざかっていくそのすがたを、クリスチーヌはじっと見つめていました。やがて彼は小道をはずれ、野原を歩き出しました。

いいえ、それは奇跡などではありません。しばらくして、ふたりは橋のうえにいました。ふたりはめいめい、このうえなくたしかな本能にしたがい、橋に向かって歩いていったのですが、そこにはほんのわずかな計算も働いてはいませんでした。ふたりは橋のちょうどまんなかで落ち合いました。クリスチーヌはエプロンから小さなパンをふたつ取り出しました。それをギヨームに差し出すと、彼は受け取って食べ始めました。

めでたし、めでたし、というところですが、じつは物語はそれで終わりどころか、ようやく始まったばかりでした。いや、まだ始まったとさえ言えませんでした。ギヨームはクリスチーヌの目が新たな怒りに輝いているのに気づきました。彼女は言いました。「すべては〈あそこ〉にあったんだわ。いらっしゃい。わたしに付いてきて」彼は彼女に付いていきました。あろうことか、クリスチーヌは彼をさきほどの河原に連れていったのです。またしばらく、深い沈黙が続きました。ふたりともまったく口を開きませんでした。

柳の茂み、そして砂の河原。彼女は彼をまえにして、河原のうえにしばらくつっ立っていましたが、とつぜん言いました。「行ってちょうだい」彼はわけも聞かずに立ち去りました。

クリスチーヌは、しばらくのあいだ、まっすぐ続く小道を遠ざかっていくギヨームのうしろすがたをながめていましたが、やがてそのあとを追いかけ、追いつくと彼と並んで歩き始めました。

「今朝、あなたが立ち去っていくのを見たとき、まるで狂ったようにあなたのところに行きたくなったの。でも、わたしは向こう岸にいたわ。さっきもまた、あなたが去っていくのを見ると、同じような気持ちになってしまった。わたしはどうしてもこの道をあなたと並んで歩きたい。分かる？〈この道〉、ここから柳の茂みを通って、野原に抜けるこの道よ。なぜかしら？」

クリスチーヌは繰り返した。

「ここから柳の茂みを通って、野原とあそこに見える高原まで、ずっと歩いていきたい。どうしてかしら？」

のちに伝説となる物語が始まったのは、まさしくこのときでした。クリスチーヌもギヨームも、この一本の道のながめ、その永遠に未知で超自然的なヴィジョン以外には、どんな考えも、そしてどんな愛すらも、抱いてはいませんでした。その日、ふたりは野原を通ってソーニュの村の近くまで行き、それから最初の丘を越えて、高原まで歩いていきました。そしてそのあたりでは、それから何年ものあいだ、ほとんど毎日のように、ひまに飽かして道を歩いていくふたりのすがたが見られたのです。

ふたりはけっしてこの土地を離れませんでした。この散歩がふたりの唯一の旅行だったのです。とはいえ、この散歩なるものは、ふつうの散歩とも違い、また放浪とも違っていました。じっさい、この散歩とは、誰も知らないところへ、彼ら自身すら知らないところへ、ただひたすら歩いていくだけのことでしたから。

高原には小さな森といくらかの畑があり、ところどころに灌木の茂みも見られました。あなたも行ってご覧になればお分かりになりますが、この高原を通る道は、じっさい、ずっと遠くの平野の奥、あの「柳のやぶ」のあたりで始まっているのです。前にも言いましたが、それはいかなる地上の尺度をも超えた、想像しうるかぎりもっとも広大な空間でしたし、これからもそうであり続けるだろうということを、ぜひともご理解いただかねばなりません。おそらく、これと同じような途方もなく広大な空間にいたる道が、ほかにもあるかもしれません。しかし、そんな道はまだ発見されていませんし、それにたまたまそうした道を発見したひとがいたとしても、彼はその秘密を誰にも明かさないでしょう。

春の物語

愛するひとよ、君はわたしに、マルチニャンはわたしたちから遠く離れたところにいると言ったね。だが、彼がどこにいようと、わたしたちといっしょなのだし、わたしたちも彼といっしょなのだ。わたしはもう、君に見知らぬ娘の話をしただろうか。

その朝、わたしはひげを剃らなかった。そのためにほとんど白いあごひげを蓄えていたと言ってもよいほどだったが、その雪解けの日には、それが少しばかりうっとうしく感じられた。ともあれ、自分のことをくよくよ考えてもしかたがないので、町の広場を見渡して、春のきざしをさがすことにした。じつをいうと、それはほんのわずかしかなかった。凍りついた雪はなかなか解けなかった。庭園の柵の向こうにいるスズメやコマドリなどの鳥たちは、家々の閉ざされたままの窓に向かって、うらめしそうな視線を注いでいた。鳥たちの目はたしかに新しい光を湛えてはいたが、その光も灰色の雲にまぎれてほとんど目立たなかった。何より目についたのは、食料品店兼雑貨屋のショーウインドーに飾られている薄地のブラウスとサンダルで、逆に長靴は、厚手のセーターといっしょに、いちばん奥に引っ込められてしまっていた。ところがとつぜん、わたしは本物の春の声を聞いた。

その店のわきにある雨どいが、歌を歌っていたのだ。屋根の雪が流れる水となり、雨どいのなかでとぎれとぎれの音節を奏でていたのだが、じっさいにはほとんど聞き取れないほどの小さな音だった。わたしはブリキ板に耳を押しあてた。いや、じっさい、わたしはこれほど澄み切った声を聞いたことはなかった。もちろん、ずいぶんとぎれとぎれの声ではあったが。その声は何と言っていたかって？　わたしには、こう言っているように聞こえたのだ。「あっち」、それから「行け」。木の声であれ、嵐の声であれ、泉の声であれ、自然の声というものを、あまりまともに聞き入れるものではないことくらい、わたしも知っているつもりだ。それでも、わたしはわたしなりの考えで、「あっち」に行ってみることにした。その「あっち」

というのは、市街地からさほど遠くない公園のような場所で、しかもほとんど誰も行かないところだった。

茨の茂みのうえに、大きな木が一列に並んでそびえていた。茨のうしろ側には、木がまばらに生えた雑木林があって、その下を小川が流れていた。流れはまだ氷に閉ざされたままで、夏には花の咲き乱れるこの斜面が、そのときどんな絶望状態に打ち捨てられていたかは、およそ想像もできないほどだった。たしかに、青空のもと、枝々の雪はほの暖かい風を受けて解け、ときおり下に落ちてはいたが、まさしくそのほの暖かさこそが絶望状態をもたらしていたにちがいない。というのも、そのほの暖かさは、どう見ても、このすさまじいばかりの不毛さには打ち勝てそうになかったから。それはともかく、なぜかは知らないが、わたしは心が締めつけられるような思いだった。わたしはあたりを見回して、せめて冬を打ち消すような一本の草でもありはしないかとさがしてみた。すると、石の下に長い緑の葉をしたスノードロップを見つけたが、それがわたしの見つけたたったひとつの草だった。それはとてもかぼそく、しかも寒さにはまったく無頓着な花なので、花というより、むしろ絹でできた造り物のようにも見える。寒さにもめげずに咲くこの花にごく月並みな敬意を表して、わたしはそれを摘み取ると、すぐにそこを立ち去り、畑をつっ切って町に引き返した。

畑のあいだを難儀しながら歩いていると、最初はすっかり幸福な気分になった。畑が泥になっているということは、まさしく春が来た証拠なのだから。ところが、しばらくすると風が出てきて、雪がまた降り出した。冬がみんなをあざ笑っていたのだ。こうして私は、アカシヤの若木が植わった生垣までやって来た。その生垣を回って、道に通じる出口まで来たとき、わたしの前というよりも横に、ひとりの娘が不意に現われた。降りしきる雪のために、半分目を閉じたままだったので、娘をじっくりながめるいとまもなかった。こんな天気に、娘はいったいどこに行こうというのだろうか。ほんの一瞬にして、彼女がすばらしい美しさと若さを合わせ持っているのをわたしは察した。その瞬間、彼女とわたしは並んだ状態になり、ふたりとも立ち止まらないわけにはいかなかった。そして、ただ立ち止まるというだけで、言ってみれば、世界がすっかり変わってしまうこともある。打ち明ければ、娘のそばを離れるその瞬間、わたしは摘んできたスノードロップを彼女に手渡したのだ。娘は花を受け取った。彼女は子どものような手をしていた。

　それから一年が過ぎ、また二月がめぐってきた。ある天気のいい日、わたしはとある駅で鈍行から降り、ランス行きの急行に乗り換えるところだった。それは人気もなくがらんとした大きな駅で、線路は森の茂みに接していた。待合室には行かずに、わたしは線路ぞいをぶらつき始めた。それはまたしても雪解けの日だった。雪は驚くほど早く解けていった。わたしは、線路の敷き砂利のうえにタンポポの芽が出ていないかとさがした。するととつぜん、プラットホームのほうから足音が響いた。ここでわたしが何をしているのか、駅員が不審に思って様子を見にくるのだろうと思い、おとなしく駅の建物に戻っていった。ところが、線路を渡っているあいだにも、その足音はわたしのうしろで響き続けた。わたしはビュッフェに行き、コンコースを通り、そこで新聞を買い、それから人と旅行鞄でいっぱいの待合室に入っていった。窓のそばに、席がひとつ空いていた。わたしはそこに行ってすわった。

　そのとき、待合室のドアが開き、ひとりの品のある娘が現われた。もっとも、わたしは娘をたいして注意して見たわけではない。彼女は旅行客の一団をぐるりと見回すと、ふたたびそとに出ていった。それから十五分も経ったろうか、わたしは新聞を読むのに飽きて、窓のほうをながめた。するとと窓ガラスの外側に、さっき待合室に立ち寄った若い娘の顔が見えた。さっきの娘であることは、肩まで垂れた髪で分かった。その顔はある輝きを帯びていた。たぶん、彼女は誰かをさがしていたのだろう。ところがじきに、彼女がわたしをじっと見つめていることを認めないわけにはいかなくなった。その目の表情はとても微妙で、幼くてしかも深刻な無関心さとでもいう以外、なんとも形容のしようがなかった。彼女は、窓の下枠をしげしげとながめるかのように、ときおり目を伏せては、またわたしのほうをじっと見つめるのだった。そんな仕草が数分続いたが、やがて彼女は立ち去った。

そのとき、どうしてわたしは駅前広場に出ていく気になったのだろうか。そのうえ、わたしが広場にたどり着いたときには、人っ子ひとりいなかった。わたしは待合室の窓のところまで戻って、ちょうどあの若い娘がやったように、なかの旅行客を見回した。じっさい、汽車を待っているひとのなかにはおかしな様子をした者もいる。あの娘も、わたしのおかしな様子を見ておもしろがっていたにちがいない。ところがわたしのほうは、そんな光景をのんびり楽しんでいるひまもなかった。窓の下枠のうえに、スノードロップが一輪置いてあったのだ。

その花がわたしのために置かれたものであることは、疑いようがなかった。あの娘が、ちょうど去年のいまごろ、アカシヤの生垣のそばで、突風まじりのにわか雪のなか、わたしが同じ贈り物をした娘と同一人物であることは、もはや明らかだった。それにしても、彼女はどうしてわたしのことが分かったのだろうか。おまけに、いまの時期にはまだどこにも見つからないようなスノードロップをたまたま見つけたあとで。その日、わたしはひげもきちんと剃り、ネクタイも締めていて、最初に出会ったときのように浮浪者のようなかっこうをしていたわけではなかった。わたしがその花を手に取ると、風が吹き始め、雪が舞ってきた。

予定していた急行には乗らずに、わたしはその小さな町を、娘をさがして何時間も歩き回った。通りをくまなく歩き、店のなかにも入った。近くの田舎まで足を延ばしてもみたが、すべて徒労に終わった。

つぎの年の夏、わたしはランスのとあるカフェのテラスにいた。わたしがすわっていたのは、となりのカフェとの仕切りになっているガラス壁のすぐそばの席だった。読んでいた新聞をテーブルに置きながら、わたしはまたあの若い娘のことを考えていた。君にも経験があるかもしれないが、動作の偶然の一致がたまたまそれに似たささやかな過去の記憶を呼び覚ましたにちがいない。ところがしばらくして、ふと振り向くと、ガラス壁の向こうのちょうどわたしと向かい合わせの席に、まさしくその娘がすわっているのが見えたのだ。その瞬間、彼女もちょうどこちらを向いた。彼女はわたしを見つめたが、ほほ笑みもせず、わたしを認めたようなそぶりもまったく見せなかった。わたしも、ただ彼女をじっと見つめただけだった。

わたしたちはそのままかなり長いあいだじっと見つめ合っていたように思う。彼女は美しかった。それは言うまでもない。けれども、あたりの空気には、そして太陽の光には、さらにそれ以上の美しさが湛えられているように思われた。ガラスの壁があいだにあったが、ふたりの顔はほとんど触れんばかりだった。じっさい、何ものもわたしたちを隔てることはできないとさえ思われた。わたしは立ち上がった。すると彼女もすぐに立ち上がったが、テラスのテーブルのあいだを通り抜けていくのに手間取っているうちに、わたしたちはおたがいを見失ってしまった。その日はちょうど日曜日で、折から映画館から出てきた群衆が歩道にあふれていた。娘をさがし出せる見込みはなかった。もっとも、そうしたいとも思わなかったが。

その後も、わたしたちはときたま出会うことがあったが、いつもすれちがいで終わってしまうのだった。あるときには、わたしが到着したばかりの列車の車室にいたのに、彼女は別の発車間近の列車の車室にいた。またあるときは、彼女が石段を下りてくるのに、わたしのほうは上がっていくところだった。ふたりのあいだにはかんたんな手すりしかなかったので、もしそうしようと思えば、立ち止まって話すこともできたはずだが、なぜかわたしたちはそうしなかった。

彼女が誰なのか、わたしが知らないのと同じように、彼女もまたわたしが誰であるか知らないだろう。わたしたちのあいだには、何ひとつ共通するものはない。最後に石段で会ったときに、彼女がわたしに向かってほとんど誰も気づかないほどの軽い会釈をしてくれたのがせいぜいだった。最初にも言ったように、友だちであれ、見知らぬひとであれ、自分から遠く離れたところにいながら、いつも自分といっしょにいるということが、じっさいにあるのだ。世界には、いくつもの道と愛が並行して存在しており、そうした道や愛は、ある種の無関心さと静寂のなかにひそみながら、しかも来世にいたるまで、わたしたちに新鮮な驚きを与え続けてやまない。

長い話

これは、はるか昔のようにも思われるが、ごく最近のことのように思われもする、ある時代の物語である。平野のまんなかにひとつの村があった。この村には大きな森が、ちょうど両腕を伸ばしたように、二ヵ所で深く入り込んでおり、夏でさえ、この森のふたつの〈岬〉の一方から他方へと、家畜を狙う札付き狼どもがかけ抜けていくのを見ることもめずらしくなかった。住民はみな、狼に飛びかかっていくほど勇敢な犬を飼って、狼を近くに寄せつけないようにしていたが、いくら狼狩りをやっても、連中の数はいっこうに減らなかった。それもそのはずで、ちょうど地面からきりもなくスズメバチが生まれてくるのと同じように、森からは絶えず狼が生まれてくるのだ。

教会の建っている丘のふもとに一軒家があって、そこに若い夫婦がまだ赤ん坊のひとり息子と暮らしていた。夫婦は村でもいちばん勇敢な犬を飼っていたが、あまりに獰猛なために、誰も彼らの家から百歩以内には近づこうとしなかった。たまたまこの犬が近くの通りをぶらつくようなことがあると、どの家でも門をすっかり閉ざしてしまうのだった。この犬はけっして人に危害を加えるようなことはなかったが、誰もが狼の一群れよりもこの犬一頭のほうが恐ろしいと言うのだった。アナーキストよりもはるかに不気味な憲兵隊を生み出してしまう国がときにあるものだが、この場合もそれに似たようなものだ。とはいえ、こんな無責任な比較はわたしたちの物語とは何の関係もない。さて、ある晩のこと、一頭のこれまたじつに豪胆な狼がその一軒家に近づいた。

例の犬は、日暮れどきになると、季節にはかかわりなく、かならず家の入口をふさぐかっこうで横になるのだった。暖炉の火のそばで眠ることをしぶしぶ承知することもたまにはあったが、それも寒さがよほどきびしくなってからのことだった。ところがいまは春で、ライラックやスミレの花の匂いがあたりに漂っていた。狼は、犬から三十歩ほどのところで立ち止まった。すると犬はおもむろに起き上がって、この新参者をじっくりながめた。狼はまた前に進んだ。犬も狼に向かっていった。やがて、二頭の猛獣は神経をぴりぴりさせながらとつぜん立ち止まったが、そのとき、ふたりの鼻面はほとんど触れ合わんばかりだった。ふたりはいずれ劣らず誇り高く、無我夢中の乱闘を演じて地面を泥まみれになって転げまわったりすることは、プライドが許さなかった。狼が先制攻撃を仕掛けた。彼は電光石火の早業で相手の喉元にかみつこうとした。犬はその攻撃をかわすと、まるで剣のように軽快な身のこなしで反撃に転じた。だが、それもみごとにかわされてしまった。狼の鼻面はあいかわらず犬の目の前にあった。

この奇妙な鍔ぜり合いはかなり長いあいだ続いたが、その結果はといえば、犬と狼双方の耳から数滴の血が流れただけだった。にらみ合いがいつまでも続くかと思うと、思いがけないときにどちらかがとつぜん攻撃を仕掛けるが、それもことごとく不発に終わる。やがて、空に星が出た。犬と狼はたがいに相手の目のなかに星が輝くのを見た。

ふたりの目に映る無数の星、そして星の光の背後にひそむ深い憎しみ。とつぜん、狼が前脚のあいだに鼻面を埋めて、ぺたりと腹ばいになった。すると犬のほうでも、まるで鏡に映った狼の像でもあるかのように、ぺたりとしゃがみこんでしまった。彼らはこうしてたがいにいわく言いがたい休息を与え合い、いずれか一方にとってはそれだけで命取りにもなりかねない放心状態に陥ってしまった。もしつぎの戦いが始まったとすれば、どちらかより冷淡になったほうが相手を殺していただろう。

だが戦闘は再開されなかった。伝え聞いた話によれば、二頭の猛獣の目に映った星影が、たがいに殺し合わねばならぬという彼らの恐るべき宿命をひっくり返してしまったのだった。新しい夜の冷気がスミレの花の香りとともに地面から立ちのぼってきたことも、あるいは彼らの心理に微妙に作用したのかもしれない。ふたりのうちどちらがさきに戦いを放棄して、地面に腹ばいになってしまったのかは分からないが、そうすると、相手もさっそくそれに倣うのだった。ともあれ、彼らの視線は一瞬たりとも相手の目からそらされなかったばかりか、いまやその視線は相手の目が自分の目にかぎりなく似ていることに驚き、そのうえ相手の目に映った星影の美しさにも驚いていた。一方がどんなにささいな身振りをしても、相手はただちにその意図を察したことだろう。まるでふたりが一心同体であるかのように。こうしてその夜、犬と狼は無二の親友になった。

長いあいだ、誰もそのことに気づかなかった。彼らが会うのはいつも夜だったからだ。彼らは二頭並んで家々の庭を回って歩き、ときには立ち止まって、相手の瞳に映った物影の美しさに見とれた。この奇妙な友情に最初に気づいたのは、一軒家の夫婦だった。夫婦は犬が自分たちを裏切るはずはないし、狼もやがて自分たちの友だちになるだろうと信じていたが、この友情は村の社会秩序をすっかり混乱させてしまった。夫婦がこのことを近所のひとに打ち明けたところ、近所のひとたちはさっそく二頭の猛獣の動静をさぐり始め、そしてある夜、二頭が近くの通りまでやって来たとき、誰かが発砲し、犬のほうが殺されてしまった。

ちょうど厄介払いができた——善良な村人たちはそう言って、犬の飼い主の訴えを無視したばかりか、彼らを魔法使い呼ばわりし、それ以来夫婦を村八分にしてしまった。若い夫婦の一軒家を守るための新しい犬を、誰も彼らに譲ってやろうとはしなかった。以来、夫婦はいままで以上に幼い子どもから目を離さないようにし、夜になると早々に家に閉じこもるようになった。悪童たちが彼らにあざけりの言葉を浴びせた。だがその悪童たちも、じきに口をつぐんで退散する羽目になった。

あの狼は亡き友を忘れなかったばかりか、その主人をも忘れなかったのだ。やがて、彼は毎晩のように夫婦の家の見張りをするようになった。入口の前ではなく、そこから五十歩ほど離れた茂みのなかでじっとしているのだったが、そのおかげで村全体が守られているのだった。それというのも、この新しい〈番犬〉をものともせずに村に入ってくる狼などいるはずはなかった。

何年ものあいだ、誰もこの狼を殺そうとはしなかった。この狼は人に危害を加えそうになかったし、その穏やかな物腰はそれまで誰も知らなかったような不思議な感情を人びとの心に呼び起こした。この狼は自分が番をしているあの家族、とりわけ村一番のわんぱくに成長した男の子にたいして、深い愛情を抱いているのだというもっぱらのうわさだった。

ところが、この男の子が一人前の若者になったとき、誰もが一目置いているあの狼を急に憎むようになった。彼は、敵の種族である狼などから恩義を受けているのは人間の名折れだと思ったのだ。そうでなくとも、近隣の土地では、この村の者は狼と契約を結び、近くに迷い込んだよその子どもたちを狼に食わせているのだという噂がまことしやかにささやかれていた。事実、隣村のふたりの子どもが行方不明になっていた。

そんなわけで、この青年は自分を愛している狼を殺そうと、機会をうかがった。彼は狼に向けて鉄砲を撃ったが、当たらなかった。それ以来、狼はごくたまにしかすがたを見せなくなった。だがとうとう、狼は猟師の銃弾を受けて、命取りの深傷を負った。そのとき、狼は村からかなり離れたところにいたのだが、彼は最後の力をふり絞ってあの一軒家までやって来た。そして今度ばかりは、入口の正面に身を横たえた。

いまでは遠い昔となったこの一夜にこそ、ようやくわたしたちの物語は始まったのである。両親は年老い、若者は結婚を考えるようになっていた。「誰かが入口の近くにいる」父親が言った。「うちの犬かしら……」母親が言った。「あの狼だ！」ドアを開いた若者はそう叫んだ。彼は銃を取ろうと手を伸ばしたが、その手はふたたび下ろされた。狼の腹から血が流れているが見えたのだ。狼は大きな灰色の目でじっと彼を見つめていたが、その澄み切った目は、こう語っているように思われた。「もう、君はわたしを殺せないよ、わたしが好きだった君、わたしの友だちの友だちだった君よ。これでわたしも、君のそばで、君をながめ、君を感じることができる、何ひとつ恐れることもなく、すっかり喜びに満たされて」いよいよ澄み切ってきたその目は、さらにこう問いかけているように思われた。「生き物の一生とはとても短いものだね。それなのに、どうしてわたしの愛の物語は、わたしの一生よりも長いんだろう？」

若者は、両親のほうを振り向き、狼を暖炉のそばに運んで、手遅れでなければ、手当てをしてやったほうがいいだろうかとたずねた。だが、両親がそれに答えるいとまもなかった。狼はやにわに立ち上がると、苦しそうに足を引きずりながら、森のほうへと去っていった。若者が狼を追いかけようとしたときには、狼のすがたは木立のあいだに見えなくなっていた。狼の遺骸はとうとう見つからなかった。この森林地帯には、人が入り込めないようなやぶがいたるところにあったのだ。

それからまた多くの歳月が流れた。若者は結婚し、やがて年老いた。けれども、いまもなお、狼がすがたを消した森の突端に行かない週は一度もなかったし、世にも不思議なあの友人に再会できると信じているかのように、あちこちの森を歩き回らない週もまた一度もなかった。

見知らぬ少年

マルチニャン、君はわたしが知っている一番長い話をしてくれと言っていたね。そんな君の願いにお応えできるかどうか分からないが、わたしはつい最近こんな話を聞いた。この話はじっさいにはそれほど長くはないけれども、どこまでも果てしなく広がって、その終わりがいったいどこにあるのか、皆目見当もつかないほどなのさ。

ガッシュの農場は人里離れた土地の小さな丘のうえにあったが、そこから数百歩のところに鉄道が通っていた。農場の建物からは森と川のあいだに広がる平野全体が見下ろせたが、まず目に入るのは鉄道線路だった。この線路はノゼルの鉄橋とリニィの駅のあいだを完全な一直線を描いて走っていた。鉄橋の向こう側はリニィの村になっていたが、低地の草原にそって続くポプラの並木にすっかり隠されていた。反対の方角には、リニィの製糖工場と町はずれの家々の屋根がいくつか見えた。この農場から唯一近い家といえば、踏切番の住む家だったが、農場では誰もこの家をお隣さんとは考えていなかった。というのも、その家の住人、すなわち寡婦のベルクルーとその娘たちは、買い物をするのに、森に隣接したダルクという部落に行くのにたいして、ガッシュにはノゼルに通じる比較的よい道があったので、いきおいこちらのほうはノゼルとの結びつきが強かった。こうして、平野のまんなかに、判然とした境界線は引かれていないとはいえ、くらべてみればたしかに異なっているいくつかの区域が形成されたのだが、そうした区域のなかで、まず目につくのは、線路と川のあいだに広がる広大な土地だった。ここはたまに釣り人が通ったり、耕作や穫り入れのために畑へと急ぐ百姓が通りすぎるだけの土地、ひとを寄せつけないようなひどいやぶや小さな森、石がごろごろしている休耕地ばかりが目につく荒れ果てた土地だった。

ガッシュ農場の所有者はジュロー一家だった。この一家は数世代前からガッシュにしっかり根付いてきたのだった。この物語が始まる時代には、農場の経営は老ジュローから息子のアドルフに受け継がれており、この息子のほうもノゼルのベルトー家の娘と結婚してかれこれ二十年が過ぎていた。アドルフ夫妻には男の子がひとりしかいなかったが、このひとり息子のサチュルナンもいまでは十五歳になっている。すでに頑健な若者だったが、両親はつらい仕事はいっさいさせず、できるだけ自由にさせておき、適当に気晴らしの機会も与えるよう心を砕いていたが、おそらくそれは、田舎の退屈な生活に息子をなじませて、なんとか家業を継いでもらおうという下心からだった。ところが息子のほうは、百姓なんぞするより、むしろ学業を続けたいと思っていた。そんなわけで、彼はいままでも、小学校の先生とか、村の司祭とか、学問のあるひとのところへ通いながら、勉強を続けていた。

農場にはジュロー夫人の妹といとこが住んでおり、ふたりともノゼルの出だったので、ノゼルの人たちとは絶えず行き来していた。サチュルナンも、この婦人たちといっしょにノゼルに呼ばれて行くこともあったし、そのお返しに、ガッシュでも、ノゼルの人たちを、今度はこの家族、つぎはあの家族というぐあいに、よく招いていた。ジュロー家ではみな、人里離れた農場がいつもにぎやかなのはアデルおばさんのおかげだと、常々感謝していた。そんなわけで、サチュルナンは遊び相手には不自由しなかった。彼は、遊びや散歩のお相手に、自分よりもほんの少し年下の娘、ヴェロニック・マルタンを選んだ。ふたりの性格はまさにぴったりだった。

秋でも冬でも、木曜日になると、誰もが家に閉じこもっているというのに、サチュルナンは悪天候をものともせず、ノゼルのマルタン家に出かけていくのだった。また、ヴェロニックがお昼時にとつぜんガッシュの農場を訪れることもあった。そうして、ふたりは午後中トリックトラック〔西洋すごろく〕をして遊ぶのだった。ふたりはまた、農場周辺のいたるところに遊び場を見つけた。はしごを登ったり、荷車に乗ったり、あるいは地面に溝を掘り、泥をこねて貯水池を作り、そこを泡立つ水肥の混じった雨水がどろどろと流れるのを見て楽しんだりした。屋根裏部屋に上がって、リンゴをむしゃむしゃ食べたり、木の実をぽりぽりかじったりしたこともあった。ときには散歩をしたくなることもあったが、ふたりの足がおもむくのは、たいてい線路に隣接するあの荒れ果てた土地の方角だった。

線路の土手ぞいに耕された土地があり、その境にはサンザシやキイチゴなどの茨が生えた小さな茂みがいくつかあった。茂みにはほとんど葉は残っていなかったが、ところどころに黒イチゴの実がわずかに残っていた。そんなわけで、ふたりはここに来るたびに、摘み忘れられた黒イチゴや、氷雨に打たれてとうに散ってしまったと思われていた花を、思いがけず見つけるのだった。線路の向こう側には地味のやせた土地がずっと広がっていたが、その荒れ果てた様子は、遠くからでもそれと察することができた。

十一月のある夕方、雨がはげしく降っているのに、サチュルナンとヴェロニックは不意にトリックトラックのゲームをやめると、線路までひと歩きしてくることにした。ふたりはふだんから急に思いついたことをするのが好きだったとはいえ、こんな天気に外出しようという気まぐれを起こしたことは、これまで一度もなかった。

「よし、話は決まった。レインコートを着て、長靴をはいて、さっそく出かけよう」サチュルナンは言った。

「夜まで待てば、きっと旅客列車が通るのが見られるわ」

夜汽車が通るときに、車室の明かりのなかにすわっている旅行客をながめるのが、この田舎のとっておきの楽しみのひとつだった。急行列車は鉄橋に入る手前のカーブにさしかかるまえに、いったん速度を緩める。ときには信号機のところで止まることさえある。そんなときには、食堂車をぶらつくひと、一等車の灰色のクッションに囲まれてひとり物思いにふけっている将軍、三等車の窓の手すりにしがみついて、そとの暗闇に何かあるかとじっと目を凝らしている子どもたち、そうした旅行客の様子をじっくりながめるだけの時間があった。

「それはともかく、フードをちゃんとかぶったら」サチュルナンは言った。フードをかぶると、ヴェロニックの顔はいちだんと魅力を増した。まるで、ひそかな光がとつぜん彼女の顔に生気を与えたかのように。

「よく降るわねえ」ヴェロニックは言った。

農場の門を出ると、降りしきる雨の音が平原全体からいっせいに聞こえてきた。あたりはまだ昼間のなごりの光が残っていたが、降りしきる雨のせいで、視界は周囲五十歩ほどしかなかった。やがて農場の建物はすっかり見えなくなり、そのかわりに水浸しになった茂みのうえのほうに、信号機が立っているのが見えてきた。ふたりは線路の斜面にそって、踏切のほうへ歩いていった。

「ほら、見て」ヴェロニックは言った。

南のほうでは、雲間からわずかにのぞいた日の光があたりに漂うもやを透かして白く輝き、その下にある線路と川のあいだの土地が、平原全体に広がる雨の帳のなかを、そこだけくっきり浮かび上がって見えた。

「あそこに見えるのはリジエールの森だ。あの森には古い井戸がある。ちょうどルエと――そう、君も知っているように、いつも川が氾濫するところさ――そのルエとフュマスのあいだにあるんだ」

フュマスは石のごろごろした荒れ地で、あちこちに湧水があり、また砂利道が縦横に走っていて、そのいくつかは耕作地のなかにまで入り込んでいた。

雨のいきおいが少し弱まった。霧が通りすぎていったが、それは、空のどこから差してくるのか、夕日の照り返しを受けて、ほのかに明るかった。ヴェロニックは、茨の茂みにわずかに残る、雨を受けてつややかに光る黒イチゴに手を差し出した。ところが、彼女の手の動きは急に止まってしまった。その瞬間、すぐそばでふとくこもった声が聞こえたのだ。

「げす、ずべた、うじ虫め！」

サチュルナンもびっくりして飛び上がった。

「いったい何だ！」まるでその声の主に問いただすような口調で、彼は言った。

ヴェロニックとサチュルナンは、このあたりの野原には数キロ四方にわたって誰もいるはずのないことを知っていた。それでも、ふたりはまわりの土地の様子をじっとうかがった。雨の帳はさっきよりもさらに薄く、さらに遠くなり、森や川岸の木々をはっきり見分けることができた。その声はあまりに近く聞こえたので、目の前の茂みのなかから聞こえてきたようにも思われたが、線路の土手のむき出しの土が透けて見えてしまうほどにまばらな茨のかげには誰もいるはずがなかった。ヴェロニックとサチュルナンは、線路のレールまでもまじまじと見つめた。

「でも、夢を見ていたわけじゃない」サチュルナンは言った。

「成り上がりのひよっ子め、こんちくしょう」その声はまた言った。

罵りは、今度は地面から聞こえてくるように思われた。そこで、娘と若者が足元を見ると、そこには線路の土手の下を通っているケーブル溝の口があった。

「あそこから聞こえてくるわ」びっくりして、ヴェロニックは言った。

「あそこから聞こえてくるぞ」わくわくするような口調で、サチュルナンも言った。

「でも、そんなはずはない」ヴェロニックが言った。

ふたりはケーブル溝にかけつけた。理由はともかく、自分たちをびっくりさせた当の相手をなんとしても捕まえなければと意気込んでいるようだった。ところが、ふたりがケーブル溝の口にかがみ込んだとたん、今度は正面からまともに罵声の一斉射撃を浴びた。

「溝の向こう端に誰かがいるんだ」サチュルナンは言った。

ふたりはひざまずいて、穴をのぞきこんだ。すると、大きな土管の向こう側に、つやのないブロンドの髪に包まれた顔が見えた。

「踏切番をしているベルクルーのおかみさんの娘だよ」サチュルナンは言った。

娘は、線路の反対側の泥のうえに腹ばいになっているらしい。サチュルナンの言葉が聞こえたのか、彼女の怒りはさらに高まったようだった。今度は、ふたりに向かって卑猥な言葉を浴びせた。

「行こうぜ」サチュルナンは言った。

けれども、ヴェロニックは行こうとしなかった。彼女はケーブル溝のなかに肩まで入り込んで、娘にたずねた。

「あなた、何て名前なの？」

娘は答えた。「あたしの名前はアガート。あたしはあんたよりも年上よ。分かった。ちびの淫売さん。もしあんたがあたしのことを告げ口すれば、あたしだって、あんたのしていること、あんたの母親にばらしてやるからね」

サチュルナンはヴェロニックの腕をとった。

「もう行ったほうがいいよ」

だが、サチュルナンにはかまわずに、ヴェロニックは大声で言った。「じゃあ、あなたは十五歳よりも上なのね」

「復活祭には十五だったわ、お嬢さん」アガートはせせら笑いながら言った。

言葉のひどさとは裏腹に、彼女の笑い声は明るく澄んでいた。

「これから線路のそっち側に行くわ。あなたにちょっと話したいことがあるから」ヴェロニックはふたたび言った。

ヴェロニックはサチュルナンを引っ張っていったが、サチュルナンも内心では、思いもかけず、めったにない楽しみをまえにしたような、わくわくした気分だった。ふたりは土手をかけ上がると、鉄条網をくぐり、すばやく線路を渡って、反対側の斜面を滑り降り、起き上がったばかりのアガートのまえに立った。

アガートの顔はやせこけ、目はきらきらと輝き、唇には真っ赤な口紅がけばけばしく塗られていたが、それでも唇の純粋な美しさは少しも損なわれていなかった。サチュルナンとヴェロニックは、口紅を真っ赤に塗ったその唇に見とれた。よく見ると、娘はずぶ濡れだった。彼女のワンピースは泥まみれで、ゴム長靴は継ぎはぎだらけだった。アガートの態度は急に変わった。あいかわらず挑発的だったが、いまは腹を立てているというより、ただ乱暴なだけだった。ともあれ、罵ることだけはもうしなかった。

「すてきなおふたりさん、アガートのことを知りたいってわけなの?」彼女はいまいましげに言った。「あんたたちは天使で、あたしはやくざ女よ、お分かり?」

「そんなこと言うものじゃ……」ヴェロニックは言いかけた。

「あたしはやくざ女でけっこう。あたしは生きて、楽しんでいる。ところが、あんたたちは退屈しきっているのさ」

また雨がはげしく降り始めた。新たなざわめきが土手や線路のうえ、そして野原中に広がった。ヴェロニックとサチュルナンはレインコートのボタンをはめたが、アガートは土砂降りのなかを平然と立っていた。すでに夕暮れになり、低く垂れこめた雲もしだいに光を失っていたが、彼女のブロンドの髪は明るく輝いているように見えた。アガートはほほ笑んだ。

「いけないわ……」とつぜん、ヴェロニックは言った。

彼女は、とっさにレインコートのフードの紐をほどいて、それを脱ぐと、アガートの頭にかぶせた。アガートはあっけにとられ、されるがままになっていた。

「ぼくの古いトレンチコートを貸してもいいよ」サチュルナンも言った。

彼は外套を脱ぐと、それをアガートの肩に投げかけた。彼女は、自分の理解できない感動に釘づけになったまま、あいかわらずじっと立ちつくしていた。

「わたしたちはふたりで、わたしのケープに入っていくから」ヴェロニックは言った。

フードをかぶったアガートの顔は、まばゆいほどの無邪気さに包まれているように見えた。

「あんたたちには、まだわたしのことが分かってないわ、子羊さんたち」ようやく、彼女は口を開いた。

彼女はくるりとうしろ向きになると、雨のなかを遠ざかっていった。彼女のすがたは、じきに雨の帳のなかに消えた。夜になっていた。すっかり闇に閉ざされた野原で、秋に咲く小さな花だけがほの明るく浮かび上がって見えた。すぐそばにある柳の林さえ、もう見分けられなかった。

「帰りましょう」ヴェロニックは言った。

ふたりは、ひとつのケープに包まれて、寄り添いながら帰った。それまでふたりは、たわいもなく、子どものように遊び暮らしていた。ところがいま、とつぜん、心の奥底に、ある希望が湧いてくるのを感じていた。それをはっきり口に出して言うことは、なぜかためらわれたが……

ふたりが農場の台所に入っていったとき、ジュロー家のひとたちはびっくりしてふたりを見つめた。

「おまえたちは、こんなひどい天気のなかをそとに出たのかい」アドルフ・ジュロー氏はあきれ顔で言った。

それからの数週間は、以前と変わらぬ毎日が続いた。サチュルナンはノゼルのマルタン家を毎日のように訪れたし、ヴェロニックもまた、以前と同じに、たいていはお昼時に（しかもサチュルナンが彼女のことを考えるよりもまえに）、ひょっこりとガッシュにすがたを現わすのだった。その年の晩秋と初冬は、比較的好天に恵まれた。それでも、時折平原に霧が立ちこめたり、雨が畑に降り注いでいるのを見るたびごとに、線路のほうへ散歩に行きたいというふたりの気持ちはいよいよ募るばかりだった。ある日の夕方、ふたりは踏切まで歩いていった。

ふたりは、例のケーブル溝の口のところで線路を横断し、ゆっくり歩いていった。ベルクルーのおかみさんの小さな家の裏にはわずかばかりの野菜畑があり、そのすぐそばに柳の林もあった。ふたりは柳の木の下に入り込んだ。あたりがもっと暗くなるのを待って、ふたりはひとつの窓に近づいた。そこは寝室だったが、その寝室は台所に通じていて、子どもたちを叱りつけている母親の声が聞こえてきた。アガートが長女だったが、叱りつけられるのはもっぱら彼女だった。このときも、叱られていたのはアガートで、母親は、せっかくリニィのジャム工場に職を見つけてやったのに、仕事をすっぽかしたばかりか、この町の若者を誘惑することしか考えていない、おまえはまったくふしだらな女だ、などと喚きたてていた。

ヴェロニックとサチュルナンは、すっかり物思いに沈みながら、家に戻った。ジュロー家の大人たちの話では、ベルクルーのおかみさんは、踏切番というつつましい職業にもかかわらず、生活には少しも困ってはいない、ただ長女だけが悩みの種で、そのためおかみさんはいつもいらだっている、ということだった。しかも娘の品行の悪さは、このあたりでは知らない者はいないほどだという。

それからしばらくして(十二月の中頃のことで、平原にうっすらと霧がかかっていた)、サチュルナンはヴェロニックを連れ、線路を越えて、フュマスの砂地までやって来た。

「どうしてこんなところまで連れてきたの」ヴェロニックはたずねた。

「運動のために、少しは歩かなくちゃ」

最初は、青い麦畑の長い帯がちらほら見えたが、それも土地が痩せてくるにしたがって消え、あとは刺のあるヤグルマギクやナベナ、丈の高いアザミなどのやぶがあちこちに生えているばかりだった。びっしり生い茂った灌木の林がところどころにあった。遠くのほうに柳の木が見えたが、木のてっぺんの葉をすっかり落とした枝は霧に霞んでいた。

「わたしはまだ川まで行ったことがないわ」ヴェロニックは言った。

「……まだ川まで行ったことがないわ」ふたりからさほど遠くないところで、誰かがまねして言った。

ふたりはびっくり仰天した。ふたりから数歩のところ、白い綿毛のついたクレマチスがびっしりからみついた灌木の下に、アガートがつっ立って、ふたりをじっと見つめていた。

「こんなところで、いったい何してるんだい」サチュルナンは、思わず、かなりぶっきらぼうな口調で言ってしまった。

「そういうあんたは？　あんたたちこそ、ここで何してるのさ」アガートは言い返した。

ふたりは彼女のそばに行った。このまえのときと同じように、降りしきる霧雨のなかを、彼女は頭に何もかぶっていないばかりか、着ているものといえば木綿のワンピースだけ、しかもそのワンピースは雨の滴で光っていた。

「このあたりはみんなあたしの土地さ」アガートは言った。「このアザミもわたしのもの。だから誰にも、ここに来て、あたしのじゃまをしてほしくない。あたしはまたジャム工場から追い出されたのよ。母さんもあたしの顔を見たくないって言うし……　それで散歩しているのさ」

「おいでよ」アガートは言った。「あたしの土地を見せてあげるから」

「あなたの土地？」ヴェロニックは言った。

ふたりはアガートに付いていったが、彼女ははやくも、かなり広い砂地のあいだを縫ってかろうじて続く小道を、軽やかな足取りでかけ出していた。その砂地のところどころには、澄み切った水を湛えた沼があった。彼女はふたりを連れて、柳や白樺やポプラの木が雑然と生えたこの土地を通り抜けていった。やがて、すっかり緑に覆われた草原に出た。そこではまだヒナギクの花が咲いていた。その草原を過ぎると、とつぜん川が見えた。川に面した土地は、ちょうどノコギリですっぱり切り取られたように、すべすべした土の崖っぷちになっていた。この崖の下を、川は黄色い濁流となり、渦を巻きながら流れていた。

「一度もこの川を見たことがなかったわ」ヴェロニックは言った。

「ぼくはこの夏、二度来たよ」サチュルナンは言った。「でも、そのときはずっと水が少なかったし、それにあたり一面に忘れな草が咲いていたっけ」

アガートは、長いこと、この濁流をながめていた。この川は少し行くと、さっきの沼に流れ込み、それらの沼がやがてひとつになって湖となり、そこからまた川となって、リニィの町はずれに達するのだった。アガートは、今度はヴェロニックを見つめた。

「あんた、湖を見たい?」

「いいえ」ヴェロニックは答えた。

アガートは、ちょっと悲しそうにほほ笑みを浮かべた。そのほほ笑みには、ひとをうっとりさせるような優しさがうかがわれたが、その優しさは、唇に塗りたくられた口紅で、無残にかき消されていた。

「行こう」サチュルナンは言った。

「付いておいで」アガートは言った。

三人は草原を斜めに横切った。アガートは楡らしい高い木立のそびえる小さな林までふたりを連れていった。サチュルナンは、楡の木々のあいだに、一本のマロニエらしい木があるのに気づいた。

「そう、これはマロニエ」アガートは言った。「それからクルミの木もある。おいでよ」

彼女はふたりを連れて、林のなかに入っていった。まるで深い森のように、木の下には一面に枯葉が厚く積もり、キノコがあちこちに生えていたが、さらに数メートル先の林のまんなかあたりは草地になっていて、そこに古い井戸があった。

「おいでよ」アガートがまた言った。

彼女はふたりに、井戸のなかをのぞき込んでみるようにと言った。井戸のはるか底のほうに、水が見えた。

「古井戸だよ」サチュルナンは言った。「十七世紀頃のものだろう。昔、ここに農場があったにちがいない」

「リジエールの農場だよ」アガートは言った。「あたしは、土のなかから壁石がのぞいているのを見たことがあるわ」

だが、彼女は急にこの話題に興味を失ってしまったらしく、帰り道がかんたんに分かるところまで、ヴェロニックとサチュルナンを連れていってやろうと言い出した。

「じゃあ、そうしてもらおうか」サチュルナンは言った。

三人は林を出て、石の多い荒れ地を歩いたが、そこは昔の街道らしかった。それから畑のなかを通ったが、ぬかるみで足がひざまでもぐり込んでしまった。

「くそいまいましい畑め」アガートは言った。

畑を難儀して渡り切り、ようやく道に出たが、その道も畑に劣らずひどいぬかるみだった。

「あとは、この道をまっすぐ右に行けばいいのよ」アガートは言った。「じゃあ、バイバイ！」

彼女はすぐにふたりから離れていったが、それは別れの握手を求めるすきを与えないためだった。ふたりはアガートに大きな声で「さよなら」を言ってから、帰り道を歩き始めた。ところが、何歩も歩かないうちに、ふたりを罵るアガートの声が聞こえた。月並みな罵り言葉だったが、ひどく乱暴な口調だった。ふたりはびっくりして、うしろをふり返った。「あたしは、あんたたちが思っているような貧乏娘じゃないんだよ」最後にアガートは言った。「これを見て！」

アガートは襟のホックをはずし、さらにワンピースの胸元のボタンをはずした。白い乳房の付け根の部分が見え、そのふたつの乳房のあいだに小さな金の十字架が光っていた。アガートは燃えるような眼差しでサチュルナンを見つめていた。

「アガート……」ヴェロニックは、哀願するような口調で言った。「あたしのことなんかほっといて」アガートは言った。「あんたはサチュルナンと結婚すればいいのよ」

そう言い捨てると、アガートはさっさと行ってしまった。

それから一週間後、ふたりはまた彼女に出会った。フュマスの荒れ地の、しかもこの前とほとんど同じ場所で。今度は、彼女に話しかけるいとまもなかった。アガートはふたりを見るやいなや、すぐに逃げていった。彼女はこの荒涼とした土地をすっかり自分の領分にしてしまい、ことに雨が降って、いかにも荒れ果てた感じのするような日には、このあたりを一日中ほっつき歩いているにちがいなかった。

失業中だったこの数週間のあいだに、アガートが母親の家にすがたを現わしたのは、ときどき、わずかばかりのパンを食べに戻るときだけで、食べ終わるとすぐにまた、この荒れ地に逃げ込むのだった。二月になると、季節には早いにわか雨が降った。そんなある日、サチュルナンはひとりで川のほうへ行ってみようと思い立った。ひょっとしてアガートにまた出会うことがあれば、彼女がいったいどんな突飛な考えをいだいて行動しているのか、分かるかもしれないと思ったのだ。ヴェロニックと彼は、アガートのことを絶えず思い続けていた。まるで、いつまでも仲良しでいたい（それはじっさいには不可能なことだったが）幼友だちでもあるかのように。

そんなわけで、二月のある夕方、サチュルナンは、川にそって歩いているアガートを見つけた。けれども、彼女に追いつこうとすると、そのすがたは見えなくなってしまった。彼女が彼に気づいたかどうかさえ分からなかった。やがてとつぜん、茂みのうしろを通りすぎるアガートのすがたが見え、それをきっかけにして、彼女のほっそりしたシルエットが、今度は左側、つぎは右側というふうに、まったく思いがけないところにつぎつぎに現われるようになった。ところが、サチュルナンが彼女に声をかけようとしたとき、ふたたびそのすがたは見えなくなった。三十分もうろうろしたあげく、彼女を追いかけるのをやめようとしたその矢先、丘のかげから、アガートが彼の目の前にぬっと出てきた。

「何かあたしに用なの？」アガートはたずねた。

「散歩してるんだよ」サチュルナンは答えた。「それに、ちょっと君と話がしたくてね」

「何を聞きたいのさ」

アガートは、燃えるような眼差しで、彼をじっと見つめていた。彼のほうでも、野性味を帯びたアガートの眼差しに釘づけになっていた。女の子が、こんなにみごとな金髪をしながら、しかもこんなに黒い瞳をしているなんて、とても信じられない――サチュルナンはそんなことを考えていた。

「それで……」

「べつに何にも……」サチュルナンは言った。

彼は視線をそらせ、あたりの様子をうかがった。まるで、アガートと彼女の気違いじみた行動の秘密が、まさしくこの不毛な荒れ地のどこかに隠されてでもいるかのように。彼女は笑い出した。けれども、彼はそれには何の注意も払わなかった。そのときサチュルナンは、盛り上がった土のかげに、きらきら輝く目をした一匹のイタチがいるのを見つけた。イタチは、まるでこの野原には自分しかいないような顔をして、二、三度あたりをくるくる回ってから、あっという間にすがたを消してしまった。

「あれはあたしの友だち」アガートは言った。「イタチも狐も鳥も、みんなあたしの友だちさ」

アガートとサチュルナンのあいだには、一本の柳の枝があった。サチュルナンは、その枝の芽がふくらんで、早くも銀色の綿毛が顔を出しているのに気づいた。その瞬間、急に日が差してきた。雨雲が突風で吹き払われたのだ。アガートは、やにわにワンピースのボタンをはずし始めた。

「見て！」アガートは言った。

金の十字架が胸のあいだにきらめいていた。アガートは、今度はワンピースのまえをすっかり開いてしまったので、みごとなふたつの乳房がそっくりあらわになっていた。サチュルナンは思わず手を差し出した。

「君を抱きたい」

アガートが近づくと、サチュルナンは彼女を抱きしめた。彼女も彼に口づけを返したが、すぐに身を振りほどくと、逃げるようにして立ち去っていった。

その日から、サチュルナンは、ヴェロニックに会っても、アガートのことを話すのを避けるようになった。ヴェロニックのほうでも、何かあったのでは、と疑うようになった。

「あなたはあの荒れ地でアガートに出会ったのね」彼女は言った。「もう会ってはいけないわ」

「もう会いたくないよ」サチュルナンは答えた。

それからまた一年が過ぎた。サチュルナンとヴェロニックの関係は、知らず知らずのうちに変わっていた。あいかわらずよく会っていたし、いっしょにいれば以前とおなじように楽しかったが、子どものように無邪気に遊ぶことは、もうできなくなっていた。

日曜日の午後には、ジュロー家の車で、リニィまで映画を見に行った。夏の夕方には、いっしょに本を読んだり、中庭のベンチにすわって、ノゼルの住民について、麦の価格について、家禽の近代的な飼育法について、まじめな話をするのだった。ときには、ほかの男女の友だちと連れ立って、祭りの行われている村々に行き、踊りに加わることもあった。冬になっても、同じような生活が続いた。アガートのことは、ふたりともまったく口にしなかった。

ところが、翌年のはじめに、彼女はとつぜんふたりのまえにすがたを現わした。母親のベルクルーがジュロー氏に会いに来て、娘を女中に雇ってもらえまいかと頼み込んだのだ。母親の言うことには、アガートは性悪な娘ではない、それどころか働き者と言ってもいい、ただ彼女に目をかけて、監督してくれるような家庭に置いてもらう必要があるというのだった。もちろん、アドルフ・ジュローは、その話をうさんくさいと思わないわけではなかったが、この申し出をむげに断ることもできなかった。おまけに母親は、ちょうどジュロー家で人手が足りないときを見計らって、やって来たのだった。

ヴェロニックは最初、この知らせにすっかり驚き、サチュルナンも、アガートと自分のことをどう考えたらいいか、分からないありさまだった。けれども、アガートのことを用心していたのは、誰よりもアドルフ・ジュローとその妻で、夫妻は、アガートが家に来ると、さっそくきつい仕事を与え、行儀や身なりについてもやかましく言った。ジュロー家のほかの使用人と同じように、アガートも主人の家族と同じテーブルで食事をした。彼女は、老ジュローとジュロー夫人のあいだにすわり、ほとんどいつもよそ行きのかしこまった顔をしていた。

それにアガートは、使用人の立場に甘んじようという気持ちにごく自然になっているらしく、もっぱら自分に与えられた仕事を果たすことだけを考え、どんな場合にもけっして差し出がましい口をきくことはなかった。まるで、ひとたび働き始めたからには、ただお金を稼ぐことしか頭にないとでもいうように。彼女のすることなすことのひとつひとつが、この人生の肝要事を深く自覚していることをうかがわせた。そんなわけで、サチュルナンは、彼女とふたりきりでいるときでも、少しも気づまりな思いをすることもなく、顔を合わせれば、友だち同士のように、世間話をするのだった。ヴェロニックもまた、何度かジュロー家を訪ねているうちに、アガートがすっかり変わったことを認め、彼女がそれまでやくざ娘のようなまねをしていたのは、ひどい生活条件のなかで暮らしていたからにちがいないと思うようになった。ヴェロニックとサチュルナンは、日曜日にアガートを映画に連れていくこともあったし、ある夜などは、いっしょにダンスパーティーに行った。ジュロー家の人たちは、母親のベルクルーが下した娘の性格判断は正しかったと言い合った。アガートを雇ったことを後悔するような理由は、いまや何も見つからなかった。

アガートはいまでもとつぜん激情に駆られることもあったが、彼女が罵りの言葉を発するのは牛の乳搾りをしているときだったから、誰も文句の言いようがなかった。アガートは、ひとが自分に示す友情にはまったく無関心で、ますます自分だけの生活に閉じこもって、誰ともかかわりにならずに、また誰にも迷惑をかけずに生きていこうと心に決めているようだった。彼女がかつて不良少女のようなまねをしたことを覚えているのは、ヴェロニックとサチュルナンだけだった。一度、ふたりは彼女に、川のそばで出会ったころのことを話してみたことがあった。するとアガートは、少しも悪びれることなく、ふたりを見つめ、あいまいな仕草をした。彼女はそれから、赤くざらざらした自分の手と、まじめな仕事ぶりを示す汚れたエプロンをながめた。

「あたしはこの通りの女よ」彼女はふたりに言った。
まるで、またいずれやって来る貧乏暮らしのことで頭がいっぱいで、自分の過去や現在の行為に目をくれる余裕などないかのようだった。彼女は収穫が終わるとじきに、ガッシュの農場を去ったが、それは自分の意志からではなく、ジュロー氏にひまを出されたのだ。

とうとう、アガートはわざと仕事を怠け始めたのだ。とはいえ、反抗的なそぶりを見せたわけではまったくなく、ただ少しずつ仕事を滞らせるようになり、洗い物をすっぽかしたり、だらだらといつまでも牛の乳搾りを続けたりということが重なるようになった。最初は、がみがみ小言を言われるたびに、それをあきらめ切った態度で聞いていたが、そんなときには、いかにも仕事をする気力が急に失せてしまったようなふりをするのだった。ジュロー家では、彼女が妊娠でもしているのだろうかと言い合った。そのうち、納屋の乾草のなかに寝転んで、たばこを吸っているところを何度か見つかってしまった。

「もう少し我慢してみようとも思ったんだが……」ジュロー氏は言った。
「でも、農場に火をつけてもらいたくはないからね」

ヴェロニックとサチュルナンは、用心するようにとアガートに言い、これからはそんな投げやりな、あるいは意故地な態度をとらないようにと頼んだ。すると、彼女は弁解めいた口調でこう答えた。

「あたしはもともと、こういうぼんやりした人間なのよ。ついうっかりしてしまうの、でも火をつけようなんて思ったことはないわ」

アガートは、ふたりの忠告を少しも聞き入れることなく、あいかわらず農場に火をつけようとしていると疑われてもしかたがないような態度をとり続けた（じっさいには、たぶん、それ以上に筋違いの疑いはなかったろうが）。ともあれ、ジュロー氏はベルクルーのおかみさんに前もって知らせてから、アガートにひまを出した。彼女は、悲しげに肩をすくめながらこの通告を受け入れると、荷物をまとめた。

「彼女を忘れられそうにないな」サチュルナンは言った。

「でも、忘れなければいけないわ」ヴェロニックは答えた。

「変わった娘だったわね」ジュロー夫人は、何の含むところもなく言った。

「それでも、やっぱり置いておくわけには……」

だが、アガートについて、あれこれ言い合ったのもほんの数日のことで、この解雇の一件については、その後、誰も一言も言わなくなった。ところがある日、宝石がなくなっていることが発覚したのだ。ジュロー家の宝石類は、かんたんな錠がついただけの革を模したボール箱に無造作に詰め込まれ、大きな箪笥の奥の靴下を積み上げたその下に隠されていた。錠はこじ開けられていた（もっとも、この錠はピン一本で開けることができた）。盗られたのはいちばん高価な品だけだった。それは年代物のずしりと重い二本の金の鎖で、ルビーや真珠がちりばめられているだけでなく、昔のフランスやイタリアの金貨までがぶらさがっていた。ジュロー夫人はめったにこの家宝が入っている箱を開けなかったし、そもそもこの箱のことを思い浮かべるひまさえほとんどなかった。この盗難に気づいたとき、夫人はびっくり仰天してしまった。彼女は夫を呼んだが、夫のほうは、部屋に入って来るなり、かんかんになって怒った。

「犯人はアガートしかいない。でも、どうやって箪笥の中を引っかき回すひまがあったんだろう」

「部屋の鍵もかけておいたのに」ジュロー夫人はぶつぶつ言った。

だがどんな鍵でも、どんな針金でさえ、あのやくざな箱と同様、この部屋のドアも、箪笥の扉も、いともかんたんに開けることができたのだ。

「それにアガートを犯人呼ばわりするわけにもいかないよ」ジュロー氏は最後に言った。「あの女が出ていってから、二ヵ月経つものな」

ともあれ、警察に連絡すると、警察はさっそく捜査を始めた。使用人たちを尋問し、ベルクルーのおかみさんには家宅捜索をやると言って脅し、いまはリニィの印刷所に掃除婦として勤めているアガートを厳重に監視した。やがて捜査の終了が告げられた。

「まだ気分がおさまらないわ」ジュロー夫人は言った。

それでも、彼女の気分はじきにおさまってしまった。親族のみんなからすっかり忘れられた変わり者の大叔父さんとやらから相続したあんな宝石は、ほんとうのところ、彼女にはどうでもよい代物だった。ジュローの爺さんなどは、この事件のことをほとんど笑い種にしていたほどだ。サチュルナンとヴェロニックは、このときほどアガートに会いたいと思ったことはなかった。やがて冬になったが、その冬のあいだ、ふたりはいっしょにフユマスあたりを二度にわたって長いこと歩き回った。またサチュルナンは、ヴェロニックには内緒で、月に数回、この荒れ果てた土地にひとりでやって来た。けれども、アガートはふたたび仕事に精出すようになったのだろうか、彼女のすがたは一度も見られなかった。

ある日、サチュルナンは川のほうへ行き、葉をすっかり落とした林を長いこと歩き回ったあとで、リジエールの小さな森のほうへ戻ってきた。ここは、一年以上もまえのある夕方、アガートが彼とヴェロニックを連れてやって来たところだ。彼は、枯葉がうず高く積もった地面からひっそりとそびえている木々の下に入っていき、井戸の縁石が組まれている空き地にたどり着いた。彼は縁石にひじをつき、深い井戸の底の水面に映った自分の顔をながめた。

サチュルナンは、長いあいだ、じっと物思いにふけった。やがて彼は、いつの間にか、体を前後に揺すっているのに気づいた。たぶん、それは自分の夢想にリズムをつけるためであり、また井戸の底の円い水面で自分の顔が動くのを見る楽しみのためだったのだろう。すると同時に、自分がひじをついている大きな石もまた、自分の体といっしょに動いていることに気づいた。彼は石をよく調べてみた。井戸が作られて長い年月が経っているにもかかわらず、その石はぴったりはまっていた。彼は好奇心にかられて、その石をずらしてみた。石はかんたんにはずれ、草のうえにすべり落ちた。サチュルナンは、退屈まぎれに、はずれた石の下の部分の切り石もはがしてみようと思いついたが、それもじつにかんたんだった。こうしてできた割れ目をしげしげとながめていると、となりの石と接合する部分にわずかなすき間があるのに気づいた。彼は、このすき間に二本の指をつっ込んだ。指のさきに何か金属でできたような小さな物を感じたとき、彼はとっさに自分がたったいま何を発見したかを察した。彼は、持っていたナイフの栓抜きを使って、それを引き出した。こうして彼は、細い糸で結わえられた例の二本の金の鎖を一度に見つけ出したのだ。

　サチュルナンは糸を切り、ズボンの両方のポケットに一本ずつ鎖をつっ込み、石を元通りにすると、その場を離れた。この発見に、彼は内心得意だった。ところが、この小さな森を出て、二十歩も歩かないうちに、枯葉のかさこそいう音が聞こえたような気がした。彼は立ち止まった。遠く、ミヤマガラスやズキンガラスが雨のなかを飛んでいた。あいかわらず雨が降っていたのだ。空に垂れこめた雨の長い帳が、この土地を幾重にも覆っていた。遠ざかったり、ひとつに重なり合ったりするその雨の帳の動きに応じて、遠くの裸の木々が現われたり、隠れたりするのだったが、そんなときのこの土地のながめがサチュルナンは好きだった。そのながめは、美しく整ったガッシュの農場のそれとはおよそ対照的だった。サチュルナンはポケットから鎖を一本取り出し、くるくる回した。二分ほどのあいだ、どうしようかと迷ったすえ、彼は、一年中水の涸れることのない大きな沼まで足早に歩いていき、手に持っていた鎖をぽんと沼のなかに投げ込んだ。鎖は、ほとんど音も立てずに、どろどろした藻に覆われた水面の下に沈んで見えなくなった。

　サチュルナンはもう一本の鎖を取り出したが、それを沼に投げ込むのをためらった。まるで誰かに見られるのを恐れているかのように、彼はうしろを振り返って見た。結局、その鎖をまたポケットに戻すと、ふたたび歩き出した。とはいえ、彼はそれを両親に返すつもりなどなかった。それよりも、この鎖を売り、どうにかしてアガートのために役立てたいと思った。だが、どうやってこの鎖を売ればいいのだろうか。それに、どうすればアガートを助けることができるのだろうか。そのとき、長い叫び声が聞こえた。

叫び声は、リジエールの森から聞こえてきた。やがてアガートが森から出てくるのが見えた。彼は一歩も動かなかった。もし彼がそのままじっとしているなら、彼女には彼のすがたが見えるはずはないだろうと思われた。ところが、アガートは少しも迷うことなく、まっすぐこちらに向かって走ってきた。彼女の顔は涙でくしゃくしゃだった。立ち止まると、彼女は息せき切ってしゃべり始めた。

「サチュルナン、あの鎖をあたしに返して、お願い。あんたには必要ないわ。あんたのご両親にも必要ない」

「あの鎖は沼のなかに捨てちゃったよ。ついさっき」サチュルナンは言った。

「そんなこと、うそだわ。あんたは捨てたりなんかしない」

サチュルナンは返事をためらった。

「とにかく、ひとつはほんとに捨ててしまったよ」とうとう彼は言った。「もうひとつのほうも、おなじようにやっかい払いしてしまうつもりさ」

「そんなことしないで」アガートは叫んだ。「鎖をあたしに返してちょうだい。いつか、それがあたしのためになるのよ、誓って言うわ。あたしがこんな暮らしをしているのは、元はといえば、貧乏のせいなのよ。これからは一生懸命働くわ、ほんとうよ、もっとまじめになる。だから、せめてその鎖だけはあたしにちょうだい。二本はいらないわ。真珠一個、金貨一枚でもいい、ねえ、お願い、サチュルナン」

涙が頰をとめどなく流れていたが、アガートの声は哀れっぽく泣いてはいなかった。それどころか、彼女は冷静にしゃべっていた。まるで、自分の望んでいるものを手に入れるチャンスはほとんどゼロに等しいことを知りながら、しかも、望みをすっかり絶つまえに、言うべきことは最後まできちんと言っておかなければと思っているかのようだった。そのうえ、彼女は、ほっておけば、いつまでもしゃべり続けるか、くどくど考え続けるか、するにちがいなかった。少なくともそうしているあいだだけは、絶望しないでいられるからだ。サチュルナンは、ぼそぼそと単調に続けられる彼女の繰り言に圧倒された。それは一種の歌のようだった。彼はどうしたらいいか分からなかった。とはいえ、アガートの頼みは非常識もいいところだった。サチュルナンは、彼女をその場に残して、立ち去ろうとした。

ところが、アガートは彼をどこまでも追いかけてくるのだった。

彼女は黙ってあとについてきた。やがて、ふたりは並んで歩き出した。時々、たがいに顔を見合わせた。アガートの目は懇願していた。サチュルナンは、自分がいまにも泣きそうなのを感じていた。彼は歩調を速めた。彼の歩調に合わせて、アガートも軽い足取りで歩き続けた。そのうち、ふたりの歩く調子は、単に散歩を楽しんでいるとしか見えなくなっていた。

雨がいつまでも降り続くようなときには、とつぜん日が差してきて、そのまばゆい光が地上のあらゆるものをぱっと照らし出すように思われる、そんな錯覚がつかの間生まれることがときにある。サチュルナンは、アガートのブロンドの髪がまばゆい日の光にすっかり包まれているのを見たような気がした。

「あんたは川まで行く気なの？」とつぜん、アガートは言った。

「道をまちがえたんだ」サチュルナンは答えた。

彼は川をながめた。川は灌木の茂みのあいだを濁流となって流れていた。流れのなかに古い枯れ木が横たわっていた。

「ほら、君の鎖だよ」サチュルナンは言った。

アガートは、鎖を奪うようにして受け取ると、それをしげしげとながめた。やがて鎖の金や真珠、ルビー、そして金貨が、降りしきる雨に濡れて、ぽとぽとと雫をしたたらせた。サチュルナンは、アガートの肩が小刻みに震えているのに気づいた。

「寒いのかい？」彼はたずねた。「君は雨のなかをそとに出るようなかっこうをしていないよ」

「きれいね、そう思わない」アガートが言った。「こんなに美しいものを見るなんて、夢にも思わなかったわ」

雨が川面を打つ無数のざわめきが聞こえていたが、このうえもなく陰鬱な日には、そんなさびしげな音までが、お祭りの遠いざわめきに聞こえてしまう。今日ぐらい陰鬱な日は、またとないだろう――サチュルナンはそう思った。そのうち、アガートが手先を使って、鎖をくるくる回し始めた。

「気をつけろよ」サチュルナンは言った。

「ご心配なく」アガートは答えた。

そう言うそばから、まるでパチンコで飛ばした石のように、鎖は彼女の指のあいだから飛び出し、川のなかに横たわっている枯れ木の枝のあいだに落ちて見えなくなってしまった。アガートは笑みを浮かべていた。

「じゃあ、さようなら」彼女は言った。

「なんてことしたんだ」サチュルナンは言った。「逃げるなよ、君の家までいっしょに行こう。ぼくのレインコートを着てくれ。ぼくは厚手のジャケットを着てるから」

彼はレインコートを脱ぐと、それをアガートの肩にかけてやったが、彼女はそっぽを向いたままだった。

「ほっといて」彼女は言った。

ふたりは、並んで歩き始めた。サチュルナンはアガートの手を取った。彼女はそれを拒まなかったが、あいかわらずがんこに押し黙ったままだった。あるいは、それは無関心のせいだったかもしれない。水浸しの泥道を並んで歩きながら、彼はアガートを精一杯自分のほうへ抱き寄せた。彼女はされるがままになっていた。彼はわざと歩調をゆるめ、小さな沼のほとりの砂地のうえまで来たとき、彼女を立ち止まらせた。

「どうするつもり?」アガートはたずねた。

カールしながら肩に垂れている濡れた髪に縁どられた彼女の顔は、燃えるように輝いていた。あいかわらず、その髪は乱れたままだった。

どうするつもりか、サチュルナンに聞くまでもなかった。彼がアガートを抱きしめると同時に、アガートも自分の顔を彼の顔に近づけた。彼がアガートを両腕で抱えた。アガートはとつぜんその抱擁をほどき、彼からすっかり身を離してしまった。

「あたしは家に帰るのよ」彼女は言った。「遊んでいるひまはないわ」

「またぼくをだますつもりなんだろう」サチュルナンは言った。

アガートは、彼の言葉に耳を貸そうとしなかった。彼女はからっぽの両手を広げて見せた。まるで、あげるものなんて何もないと言おうとしているかのように。それから、彼女は遠くをじっと見つめた。そちらを見ると、沼地のうえを二羽のアオサギが飛んでいた。彼女は砂利のうえをまた歩き始めた。サチュルナンは彼女のあとを追った。

「君はまだ十字架を持っているのかい」彼はたずねた。

「悪い男がくすねていったわ」彼女は答えた。「もう、あたしには何にもないのよ」

彼女がうそを言っているとは思われなかった。

「そんなこと、ぼくがきみと結婚するさまたげにはならないよ」サチュルナンは言った。「ぼくは君と結婚したいんだ。ぼくにキスしてくれ」

「あんたにはヴェロニックがいるわ」アガートは言った。

彼女の顔はまたもや涙に濡れていた。たぶん、気力が失せてしまい、いつもの癖で、すっかり投げやりな気分になりかかっているのだ。サチュルナンは彼女の手を取った。アガートは立ち止まった。彼は彼女の両手を握りしめた。アガートはまた彼のほうへ引き寄せられた。サチュルナンには彼女の目がまぶしかった。それでも、彼はその目を食い入るようにじっと見つめた。その美しい漆黒の瞳は、驚くほどの緻密さで輝いていた。彼はそこに、世間にたいする軽蔑を、平凡な生活を断ち切ろうとする意志を、読み取った。いまや、彼女は彼にすっかり身をゆだねていた。サチュルナンは彼女を両腕で強く抱きしめた。

ところが、彼が彼女の唇にキスしようとした瞬間、ふたたび彼女の視線に強く引きつけられた。その視線は無限の表情を湛えているように思われた。いつの間にか、アガートは彼の抱擁から身を振りほどいていた。あまりにすんなりと彼の手をすり抜けていったので、彼はあっけにとられてしまった。どうしてぼくはそんなにあっさりと彼女を逃がしてしまったのだろう――サチュルナンはそうつぶやいた。彼女はかけ出していた。彼はもう追いかけようとは思わなかった。しばらくして、アガートはこちらを振り返ると、大声で言った。

「あんたはヴェロニックを離してはいけないのよ」

彼女の声は震えていた。この人気のない荒涼とした土地では、それは悲痛な叫び声のように聞こえた。アガートはまた早足で歩き始めた。サチュルナンはべつの方角を行き、畑をつっ切って、線路にたどり着いた。彼が線路を渡ろうとしたとき、また雨が降り出した。

ヴェロニックに会ったとき、サチュルナンはアガートに出会ったことを話したものかどうか迷ったが、彼女のほうからたずねてきた。ヴェロニックは、サチュルナンの様子がおかしいことを、それとなく察したのだ。彼はけっきょく、出来事の一部始終をしゃべってしまった。

「いつだって、彼女はひとを寄せつけまいとするんだ、分かるだろう」サチュルナンは最後に言った。「あのまま別れることは、ぼくにとっても、彼女にとっても、いちばん辛いことだったのに。ところが、彼女が悪の誘惑を絶つことを決心したのも、結局、それが自分にとっていちばん辛いことだったからさ。おそろしい娘だよ。そしてぼくはといえば、もう君の愛に値しない人間になってしまったんだ、ヴェロニック」

「わたしたち、もうおたがいに会わないほうがいいわ」ヴェロニックは言った。

ヴェロニックとサチュルナンのあいだに正式に結婚の約束があったわけではなかったが、周囲の者はみな、とうぜんふたりが結婚するものと考えていた。ヴェロニックは口実を見つけて、ガッシュに来ることをやめた。サチュルナンのほうでも、ヴェロニックの家には、春の農閑期に何度か儀礼的に訪れるのがせいぜいだった。ヴェロニックは自分の気持ちをすっかり隠していたし、サチュルナン自身もどうしたらいいかすっかり分からなくなっていた。彼はアガートに会いたいと思った。

そのころ、彼女はリニィで働いていた。サチュルナンはリニィに行った。煉瓦工場に勤めているこの若い娘の様子をさぐるのはかんたんだった。そのとき、彼女は男のする仕事をしていた。とはいえ、さほどつらい仕事というわけではなかった。アガートは小さな電気自動車の引っぱるトロッコを運転していたのだ。どうして彼女がこの仕事にありつくことができたのか——工場長のことで、彼女をひやかしている工員たちの冗談を聞けば、そのへんの事情はすぐに察することができた。アガートはいつも青い作業服を着ており、一日の仕事が終わり、夕方下宿しているいとこのおばあさんの家に帰るときにも、その作業服を着たままだった。このおばあさんは彼女の食事の世話もしていた。

サチュルナンは、煉瓦工場のまわりをうろつき、工員をつかまえて様子を聞いたりした。こうして彼は、市役所の裏手のいとこのおばあさんの家のある小さな通りで、いともかんたんに彼女に会うことができた。

「どうしようというの」彼のすがたを見るなり、アガートは言った。

「君に話したいことがあるんだ」

「そんな時間はないわ。男の子と約束があるのよ」

「うそだ」

「デートがあるのよ」アガートはまた言った。

彼女はくるりと背を向けると、いとこの家のなかに入ってしまった。サチュルナンはそこから少し離れたところで様子をうかがった。十五分も経ったころ、ひとりの若者が通りにやって来た。若者はアガートの住む家のまえで立ち止まり、口笛で歌の一節を吹いた。それを待っていたかのように、アガートが家から出てきた。彼女はあいかわらず作業服を着ていた。ふたりは腕を組んで、どこかへ出かけていった。

サチュルナンは、四月中に、またリニィにやって来た。今度はアガートに近づこうとはしなかったが、彼女が新しい恋人といっしょにいるところを見かけた。それは四十にもなる中年男だった。サチュルナンは、彼女がいとこの家に戻るまで、通りで見張っていようと決心した。もし彼女がひとりだったら、話しかけてみようと思った。サチュルナンは何時間も待った。真夜中近くになって、彼女はひとりで帰ってきた。サチュルナンは彼女に声をかけた。

「君は分かっているのかい」彼はさっそく言った。「君は堕落しているんだ。恥知らずだよ」

美しい月明かりの晩だったが、サチュルナンにはアガートの顔の表情を見分けることができなかった。彼女が肩をすくめるのが見えただけだった。「行ってよ」彼女は言った。「あたしは自分のやりたいことをしているのよ」

そうこうしているあいだにも、ジュロー家では、ヴェロニックが農場にやって来なくなったことに、誰もが気を揉み、ふたりがけんかでもしたのだろうと想像した。そこで、サチュルナンに直接問いただすかわりに、ヴェロニックの両親にこの疑いを打ち明けた。

両親はヴェロニックに、またジュロー家に行くようにと勧めた。彼女は両親の言いつけにしたがったが、それはあれこれ事情を説明するのがわずらわしかったからだった。ただし、ジュロー家に行くのに、彼女は友だちを連れていくことにした。そうすれば、サチュルナンとふたりだけになって、内輪の話をするようなことにならずにすむだろうと考えたのだ。それでもサチュルナンは、折をうかがって、リニィでアガートに会ったときの様子を彼女に伝えることができた。

「あれは堕落した娘だ」サチュルナンは言った。「もう絶望だよ」

彼はヴェロニックに、アガートがどんな生活を送っているか、くわしく説明した。

「ぼくは煉瓦工場の事務所に勤めている友だちがいるんだ。そいつはぼくに、アガートは今度の勤めも長続きしないだろうと言っていたよ」

アガートを弁護しようとする者はひとりもいなかった。ヴェロニックは、サチュルナンの苦悩に大きな衝撃を受けたように見えた。そのとき、サチュルナンがヴェロニックの手を取った。すると今度は、ヴェロニックがサチュルナンを抱きしめた。

とつぜんの愛の高まりに、いままでのことはすべて水に流され、こうして何ごともなかったように以前の生活がふたたび始まるのだが、そうなった理由は知る由もない。それでも、ヴェロニックとサチュルナンはアガートのことを思い出さないではいられなかった。何といっても、彼女はふたりの大好きな友だちだった。そのうえ、自分たちのいまの幸福は彼女のおかげだという漠とした感情をふたりは抱いていたのだ。そうだとすれば、この期におよんで、どうしてアガートだけが苦しみ続けなければならないのか。彼女が身を持ち崩すなんて、まったく不公平ではないか。ところが、この物語の続きも、それまでと同様に、アガートにとっておよそ公平とは言えない展開になる運命にあった。

ヴェロニックとサチュルナンはリニィにおもむいた。ふたりは、アガートがすでに町を出たあとだということを知った。ふたりは町をぶらついた。

その日はじつにすばらしい天気で、町はのどかな雰囲気に包まれていた。柵で囲まれた小さな中庭や広い庭園のなかには、たくさんのバラが咲き誇っていた。橋のうえまで来ると、ふたりは欄干に腰を下ろした。ふたりの胸のなかで、何かが永久に失われてしまったような気がしたが、それでも、ふたりの幸福には一点のかげりもなかった。

「川のなかのあの木の枝を見てごらん」サチュルナンは言った。

背の低い茂みの枝が川面に垂れさがり、澄み切った流れのなかで揺れ動いていた。ヴェロニックは、何か突拍子もない事件が起こりそうな予感がすると言った。アガートが川に投げ込んだあの金の鎖は、いったいどのへんまで流れていったのか。あの鎖はこの世からすがたを消してしまったんだろうか。ふたりは農場に戻った。そうして、何ひとつ変わった事件も起こらないまま、平穏な毎日が続いた。

それから二年して、ふたりの婚約が取り交わされ、ついに結婚の公示が行われた。アガートを思い出すことは、さすがに以前よりは少なくなったようだった。それでも、彼女の記憶がよみがえってくるときには、いままでも強い痛みが胸を走り、そのたびに、彼女を探しにいきたいと思うのだった。これほど強く彼女に会いたいと思っている以上、その機会はいつかかならず訪れるはずだった。とはいえ、ベルクルーのおかみさんさえ、娘がどこにいるのか知らないらしかった。

そんなわけで、日曜日になると、ふたりはフュマスのほうをあてもなくさまよったり、あちらこちらの道を歩いてみるのだった。ときには、近隣の村々をさがし回ることさえあって、そんな遠出をするときには、ふたりは車を使った。村の入口まで来ると、畑のはずれに車を止めた。村に入ると、ふたりは、まるで観光客のように、村人にあれこれたずね、アガート・ベルクルーについての情報を得ようとするのだった。

「彼女は、ランスかパリに行っているのかもしれないな」サチュルナンは言った。

「いいえ、そんなに遠くまでは行ってないわ」ヴェロニックはきっぱり言った。

ある日曜日の午後三時ころ、ノゼルから十キロほどの丘陵地帯にあるヴォーという村の通りを歩いていたとき、とつぜん、横丁から叫び声が聞こえてきたかとおもうと、ぞろぞろとひとが走るすがたまでが見えたので、ふたりはびっくりした。

「うそつき、あばずれ、どろぼう、あいつはどろぼうだ。半殺しにしちまえ」

ふたりはとっさに、追いかけられているのはアガートにちがいないと思った。ふたりが横丁に入っていくとさっそく、壁を背にして、ひとりの老婆とにらみ合っているアガートのすがたが目に入った。老婆のうしろには、数人の子どもとふたりの若者、それにひとりの大人の男がいて、ふたりをぐるりと囲んでいた。老婆はわめいていた。子どもたちは足を踏み鳴らし、拾いあげた石をいくつも手に持って、いまにも投げようと身構えていた。若者たちはアガートをとっちめようとしているようにも見えれば、からかおうとしているようにも見えた。男はといえば、感情を表に出さずにでんと構えたまま、じっとこの場面をながめていた。老婆は事情を説明していた。

「この女はあたしのお金を盗んだんだ。そのお金がこいつの藁布団のなかにあるのを見つけたのさ。あたしはこいつを、まったくの善意から、女中に雇ってやったっていうのに…… この女を血が出るまで鞭でたたいてやるがいいさ」

「この女には気をつけろって言っただろうが」男が口を挟んだ。

「あたしはひとがよすぎるんだよ」老婆は大声で言った。「とにかく、あいつにあたしのお金をそっくり返してもらわないとね。いいかい、そっくりだよ。あいつの盗んだお金が、ぜんぶそっくり藁布団のなかにあったわけじゃないんだからね」

アガートは、まるで誰も目に入らないかのように、前方をじっと見つめていた。彼女はひたすら逃げ出そうと考えていたにちがいない。だか、それは不可能だった。ふたりの若者と男が彼女に迫ってきた。

「警察が来るまで、おまえをどこかに閉じ込めておく」男は言った。

「さあ、やろう」サチュルナンはささやいた。

ヴェロニックはすぐに彼のもくろみを察すると、彼といっしょにかけ出した。それまで、誰もふたりがいることに気がつかなかったので、ふたりの襲撃はまさに青天の霹靂だった。若者と男はあっけにとられたまま、ぼんやり立ちつくしていた。サチュルナンとヴェロニックはアガートに「逃げろ」と叫んだ。アガートはすかさず逃げ出して、横丁を走り抜けていった。ヴェロニックとサチュルナンは、最初、彼女に付いて走ったが、まもなくうしろを振り返ると、いまにも追跡を開始しようとしているひとたちの行く手をふさいだ。

「あのばあさんこそどろぼうだ」サチュルナンは叫んだ。「ばあさんはアガートに一度でも給料を払ったのかい。アガートにどんな食事をさせていたんだい。警察に訴えたければ、訴えてみろ」

彼はまったくあてずっぽうを言ったのだが、それが図星だったらしい。たったいままでひどい悪態をついていた老婆が、いまや子どもや若者を止めようとするのだった。彼らは、サチュルナンとヴェロニックに石を投げただけで、それ以上は追いかけてこなかった。サチュルナンは後ろに引き返して、若者のひとりを殴りつけたが、すぐにヴェロニックといっしょに逃げ出した。

ふたりは車を止めてある場所にたどり着いた。アガートが車のかげに隠れていた。

「乗って」ヴェロニックは言った。

サチュルナンは大急ぎで車を発進させた。この事件のうわさはたちまち村中に広まり、村人たちが集まってきた。三人はまず幹線道路をつっ走り、やがて脇道に入っていった。アガートは最初、ヴェロニックのわきの床にじっと横たわっていたが、そのうち彼女はヴェロニックの手から血が流れているのに気づいた。

「たいしたことはないのよ」ヴェロニックは言った。

それでもアガートは、すばやくヴェロニックの手を取ると、自分のスカートのすそのほうを巻いて、止血した。

「車を止めて」アガートは言った。「あたし、薬草を知ってるわ。サチュルナン、止まって」

サチュルナンは小さな森のはずれで車を止めた。

「止まらなくてもよかったのに」ヴェロニックは言った。

アガートは車を降りると、さっそく、薬草をさがし始めた。たぶん、彼女はそのへんの草を適当に摘んできたのだろう。三人はそろって道端の斜面に腰を下ろした。アガートは驚くほどたくみに傷の手当てをした。手当てが終わったあと、三人はようやく顔を見合わせた。誰も言うべき言葉が見つからなかったが、たがいにむさぼるように見つめ合った。アガートの顔は、何にとも知れないかぎりない信頼感にあふれて、まばゆいばかりに輝いていた。

「じゃあ、ぼくたちといっしょに行こうよ」サチュルナンは言った。

「いっしょに行きましょうよ」ヴェロニックも言った。

「あたしのことなんか、かまわないで」

アガートはそう言ったかとおもうと、やにわに立ち上がり、あっという間に森のなかにかけ込んでしまった。サチュルナンとヴェロニックはすぐにあとを追ったが、アガートのすがたはどこにもなかった。一度、遠く、森が果てる谷底のほうから歌声が聞こえたような気がしたが、それもすぐに聞こえなくなった。サチュルナンとヴェロニックはガッシュに帰った。ふたりはとてもうれしかったが、とても悲しくもあった。


また時が過ぎた。サチュルナンとヴェロニックは、その後、アガートについての情報を何ひとつ手に入れることができなかった。ふたりはすでに結婚していた。子どもがふたり生まれ、赤ん坊のうちは家の台所をはい回っていたが、やがてそとに出るようになり、最初は堆肥のまわり、つぎには野菜畑、さらには野原のまんなかへと、しだいに行動半径を広げていった。サチュルナンは、朝から晩まで、父親とともに働いていた。

ときには、ほんの数年が経過するだけで、世界がすっかり変わってしまうことがあるものだ。アガート・ベルクルーがジャック・モローというりっぱな若者と結婚したという知らせを聞いたとき、サチュルナンやヴェロニックをはじめとして、ジュロー家の人たち、さらには他の多くのひとがさほどおおきな驚きを示さなかったのも、そのせいだったかもしれない。ところで、このアガートの夫は間もなくリニィにやって来て、ラカーユ爺さんの跡を継いで、皮革製造の仕事を始めた。この夫婦にも五歳と六歳になるふたりの子どもがいた。

もちろん、ヴェロニックとサチュルナン、つまり世間でいうところのジュローの若夫婦は、さっそくモロー夫妻を訪ねていった。日曜日の午後のことだった。アガートは、児童映画を見に行く子どもたちを送り出したところだった。彼女はヴェロニックとサチュルナンを抱きしめ、夫はいま釣りに出かけていると言った。

ふたりは食堂に通されたが、そこにはモロー家から伝わった古い家具が置かれていた。ラジオが一台あり、窓のそばにはミシンもあった。窓からは、川が見えた。

「あんたたちと別れてから――そう、あれからもう八年になるわね――あたしは実家に戻ったのよ」さっそく、アガートは語り始めた。

彼女は六里の距離を歩き通して、踏切小屋にたどり着いたのは真夜中に近かった。母親からこっぴどく叱りつけられた。何ヵ月も娘から便りのなかったベルクルーのおかみさんは、娘が何かひどく悪いことをしでかしたと頭から信じ込んでいたのだ。ところが、母親の口調は、たちまちに呪いから希望に変わった。

「ちょうどおまえのおばさんから手紙を受け取ったところでね」ベルクルーのおかみさんは言った。「おばさんはおまえがどうしているのかと聞いてきたんだよ。おばさんはリュウマチを患っているのさ。それで、できたらおまえに来てもらって、身のまわりの世話をしてほしいって言うんだがね」

伯母はランスに住んでいた。アガートはその夜のうちにわずかばかりの古着をつくろって身支度を整えたあと（彼女はまったく着の身着のままだったし、身のまわりの荷物はヴォーの例の老婆の家に置いたままだった）、翌朝、夜が明けるのを待って、汽車に乗った。

「あたしはあんたたちのことを忘れなかった。ジュスティーヌおばさんは、あたしを働かせてくれたうえに、礼儀作法も教えてくれた。あたしはいつもあんたたちふたりのことを思っていたわ」

その後のことは、世間によくあるような話だった。ジュスティーヌ伯母には多少の年金があり、町内でも評判のいいおばあさんだった。ジャック・モローもその町内に住んでいた。

ヴェロニックとサチュルナンは、アガートを飽きもせずにじっと見つめていた。容姿は昔とあまり変わっていなかった。アガートはあいかわらずすらりとしていた。動作も言葉も、昔と同じようにせっかちで乱暴だったが、目だけは、以前にはなかった優しさを帯びていた。

「みんな変わったわ」ヴェロニックの口から、思わずそんな言葉が漏れた。

「時の流れというものね」アガートも同じような調子で答えた。

時の流れ、習慣、奇跡。アガートは牢獄で一生を終えても不思議ではなかった。ところが、ある出来事が起きたのだった。それがどんな出来事で、いつ起きたのかと聞かれても、誰も答えることはできなかっただろうが。それから、子どもたちのことが話題になった。サチュルナンとヴェロニックは、ガッシュに帰ってからも、アガートとその子どもたちのことを思い出すと、言いようのない喜びを覚えた。

アガートの家の戸口でいとまを告げようとしたとき、ちょうど子どもたちが映画から戻ってきたので、子どもたちにも会うことができたのだ。ようやくサチュルナンとヴェロニックが車に乗ってからも、アガートはじっとふたりを見つめていた。何か不思議なことが起こっていたのだ。サチュルナンはエンジンもかけず、たっぷり十分間、三人とも身じろぎもしなかった(子どもたちはべつで、彼らは泥まみれになって転げまわっていた)。その瞬間、あたりの気配のなかに、三人の運命を解き明かす決定的な光が見つかりそうな予感がしたのだ。あるいはまた、この決定的な一瞬以来、時の終わりにいたるまで、もはや何ひとつとして変わったことは起こるまいと思われたのだ。「夕食に遅れてしまうぞ」とサチュルナンは言ったが、その言葉はまったくうつろに響いた。

こうした物語の紆余曲折や結末を、誰も知ることはできない。この三人の物語を通じてもっとも目立った事件といえば、たぶん、それからまた一年して起きた事件だったろうが、こうしたことについて、わたしたちは何ひとつはっきりと言い切ることはできない。

ジュロー家とモロー家は、夏のあいだ、家族ぐるみで何度も会った。秋になり、しばらく雨が降り続くと、サチュルナンとヴェロニックは、線路と川にはさまれたあたりの土地を、フュマスまで散歩してみたいと思うようになった。ある日、ふたりはとうとうこの気まぐれを実行に移した。だがそれは、単に青春時代に喜びや絶望を味わった土地をふたたび訪れたいという考えからではなかった。ふたりはなかば無意識のうちに、いまだに誰にも知られていないある事実を、あるいは彼方の世界から送られたしるしのようなものがすばやく通りすぎるのを、この目ではっきり確かめたいという気がしきりにしていたのだ。

冬のあいだ、ふたりは、ルエ、フュマス、そして川ぞいの土地へ、三回にわたって長い散歩をした。昔と同じように、大ガラス、ミヤマガラス、ズキンガラスが空を飛んでいた。いくつかの沼は以前より大きくなり、またいくつかはふさがれて、ただの砂地のくぼみになっていた。やぶや木立、そして畑は昔のままだった。丈の高いアザミ、鮮やかな色をしたヤグルマギク、そしてあの雨の帳。その帳は、あるときには物の輪郭をぼかしてしまうかと思うと、あるときは神々しいばかりの孤独に包まれた土地の美しさを際立たせているように思われた。三度目の散歩の折り、思いもかけずアガートに出くわして、ふたりはびっくりした。アガートは、昔と同じように、雨のなかを何もかぶらずに、こちらに向かって歩いてきたが、さすがに、肩には透明なナイロンのケープをかけていた。軽快で、野性的な足取りでやってくるそのすがたを見ると、いまにもふたりにあざけりの言葉を浴びせようと身構えているように思われた。彼女は何くわぬ様子で近づいてきた。

「母親の家に行くところなの」彼女は言った。「畑を通ってきたのよ」

《うそだ》サチュルナンは彼女に言ってやりたかった。《君は、ぼくたちと同じように、何かを見にここに来たんだろう》

「わたしたちはこのあたりの土地を見回りにきたのよ」サチュルナンのかわりに、ヴェロニックが言った。

アガートの目がきらりと光った。

「いっしょに行こう」サチュルナンは言った。

三人は踏切小屋のほうへ向かった。歩きながら、畑や沼や砂地などの景色をくまなくながめた。

その日は何も起こらなかった。事件が起きたのは、つぎの夏のある朝のことだった。その朝、空はすっかり晴れ渡っていて雲ひとつなかったのに、灌木のやぶや川沿いの草地には、嵐を思わせる異様な暑気がただよっていた。

ジャック・モローは、ふだんから自分は何も知らない世間知らずだというそぶりをし、釣りにしか興味のないような男だったが、ある日曜日のこと、めずらしく、フュマスのほうの水辺にピクニックに行こうと言い出した。ふたつの家族はリジエールの小さな森で落ち合い、ちょうど川が曲がっているところを見下ろす丘のうえに、子どもたちを連れて到着したところだった。蛇行する川が台地をえぐってできたその淀みには、例のおおきな枯れ木があいかわらず横たわっていた。この大木は、ずっと昔、アガートやサチュルナンやヴェロニックが生まれる以前に、上流から運ばれてきて、ここでつかえてしまったのだ。

　川の水位がこれほど低くなったのを見るのははじめてのことだった。一同は立ち止まって、その流木をながめていた。するとそのとき、ひとりの少年が茂みから飛び出してきたかと思うと、その流木の真上の斜面をかけ降りた。少年は腐りかけた枝に飛び移り、川の水面ぎりぎりのところまで枝をすべり降りた。少年の重みで枝が折れないのが不思議なくらいだった。けれども、誰もがあっけにとられてしまい、そのうえ少年の動きがあまりに素早かったために、彼を引き止めるいとまもなかった。少年は、精一杯体を前に傾けると、素手を水中につっ込んで、いろんな飾りがごてごてと下がった一本の金の鎖を引き上げた。アガートの顔が、急に死んだように青ざめた。

「鎖をあいつから取り返すんだ」サチュルナンは叫んだ。

　彼はヴェロニックといっしょにかけ出した。ジャック・モローだけが子どもたちとその場に残った。アガートまでがヴェロニックのあとについていった。少年は早くも斜面を上ってくるところだった。その目つきはふてぶてしかったが、顔にはまだあどけなさが残っていた。少年は、自分に向かって突進してくる大人たちをこわがるようなそぶりをまったく見せなかった。彼は茂みのうしろに入り込むと、ゆったりとした大股でかけ始めた。まるで、自分に追いつけるような足の速い人間はどこにもいないと信じきっているかのようだった。

「あの子を追いかけないで」アガートは何度も言った。

「あの鎖を持って行かせるのはよくないよ。めんどうなことになる」サチュルナンは言った。「ヴェロニック、君はそっち側を行ってくれ」

三十分も必死になって追いかけ、ようやく少年を捕まえることができた。彼は木立や沼に近づくたびに、自分の進路をたくみにはぐらかして、サチュルナンたちの追跡をかわし続けたが、とある砂地のまんなかまで来たとき、とつぜん、木の古株につまずいてしまったのだ。少年はすっかり前のめりになって倒れたまま、起き上がれそうになかった。彼の手から飛び出した鎖は、数歩先の石のうえできらきら光っていた。じきに追手たちがやって来て、少年を取り囲んだ。サチュルナンが鎖を拾い上げた。少年の様子を見ようとひざまずいたヴェロニックは、彼の脚から血が流れているのに気づいた。少年は体を横向きにしていた。

誰も一言も口をきかなかった。みんなが少年をしげしげと見つめていた。少年は十二歳くらいに見えた。彼が身につけている半袖シャツや灰色ベルベットの短い半ズボンを見ても、彼がどんな階級に属する子どもなのか、ほとんど判断がつかなかった。彼の目つきは異様なほど穏やかだった。彼もまたじっと追跡者たちをながめていた。最初に口を開いたのは少年だった。

「おれの鎖を返してくれよ」

「それより傷の手当てがさきよ」ヴェロニックは言った。

アガートはみんなから数歩離れたところで、黙り込んだままだった。

「さきにおれの鎖を返してくれよ」少年は繰り返した。

「その子に鎖を返してあげて」アガートはサチュルナンに言った。

サチュルナンの目はアガートの視線に出くわした。昔と同じような鋭い視線だった。その瞬間、奇妙な思いがサチュルナンの心をよぎった。彼は、アガートが胸にかけていた十字架のこと、そして昔見たままのアガートの美しい乳房のことを、ふと思い浮かべたのだ。サチュルナンは目を伏せて、少年に鎖を渡した。

「さあ、これでいいでしょう」ヴェロニックは優しく言った。

ところが、鎖を受け取るが早いか、少年は驚くほどの素早さで立ち上がると、荒れ地のなかを一目散に逃げていき、やがて高い草の生い茂った丘の斜面のうしろに見えなくなってしまった。みんなはその斜面まで走っていったが、すでに少年のすがたはどこにもなかった。みんなが戻ってきたとき、ジャック・モローは一言もたずねなかった。彼は、ひとづきはよかったが、寡黙な人間だった。けれども、誰もが知らないことを直感的に察知することができる人間でもあった。

それから何週間ものあいだ、サチュルナンは少年を見つけ出そうと、この付近一帯を歩き回った。リニィや近くの村の学校まで出向き、辛抱強く下校時を待って、校門を出てくる生徒をひとりひとり調べることまでした。学校の先生や村の司祭さんをはじめ、多くのひとにたずねて回った。

「あの子はそんな遠くから来たはずはない」――サチュルナンはそう口癖のように言っていたが、少年の手がかりはまったくつかめなかった。

ある秋の夕方、子どもたちを遊ばせるために、サチュルナンとヴェロニックがふたりを連れて散歩に出かけ、線路にそって歩きながら、黒イチゴの実を摘んでいると、よくあることだが、長い列車がやってきて、カーブのまえでいったん停車し、それからまたかなりゆっくりしたスピードで走り出した。もう夜になっていた。食堂車をぶらつくひとのすがたが見えた。一等車にはひとりぽつんとすわっている将軍が見え、三等車にはたくさんのひとが乗っていた。三等車の通路には、ひとりの少年がつっ立ったまま、何も見えないはずの野原をじっと見つめていた。それはあの鎖の少年だった。彼はかなりみすぼらしい身なりをしていた。あの少年にまちがいなかった。少年の視線がサチュルナンとヴェロニックのいる位置に向けられたその瞬間、少年はとても美しいほほ笑みを浮かべた。

汽車はノゼルの鉄橋のほうへ消え去った。サチュルナンとヴェロニックは、すでに夜の帳が降りたフュマスと川沿いの土地をながめた。

「この辺鄙な土地には、いつもいろんなことが起きる。いったいどうしてなんだろうね」その疑問に、ふたりとも答えることはできなかった。ただ、あの少年のことを思い出すたびに、ふたりはたずね合うのだった――わたしたちの不幸、わたしたちの宝、わたしたちの人生をつかさどるあの神の息吹は、いったいどこを吹いていたのか、と。

訳者あとがき

あなたは、文学において、モーツァルトの奇跡に近づいた唯一の作家です。つまりあなたは、無限なるものを軽やかに、しかも無限であるままに、表現することがおできになるということです。あなたの御本を読むたびに、わたしは幸福な気持ちになります。

フィリップ・ジャコテ（詩人）

アンドレ・ドーテル（André Dhôtel）の名は、日本ではあまり知られていない。ずっと昔、一九五五年にフェミナ賞を受賞した *Le pays où l'on n'arrive jamais* という小説が『遥かなる旅路』というタイトルで邦訳されたほか、長編小説『荒野の太陽』、短編『見えない村』（『現代フランス幻想小説』所収）、さらには詩人論『ジャン・フォラン』、童話『バラを咲かせた手』がすでに紹介されているが、現在ではすべて絶版であり、とくに若い読者にはほとんどなじみのない作家ということになるだろう。

ドーテルは一九〇〇年にベルギーと国境を接するフランス・アルデンヌ県で生まれ、一九九一年に亡くなった。長年高校の教師をしながら創作活動を続け、作家としてのデビューはかなり遅かったが、亡くなる直前まで、六十冊あまりの小説、詩、子供向けの物語、エッセーなどを書き続けた。

本書の原題は *La nouvelle chronique fabuleuse* (Pierre Horay, 1984) である。nouvelle (新) とあるのは、すでに *La chronique fabuleuse* という短編集 (Mercure de France, 1960) があって、その続編という意味である。またchronique とは、ここでは「うわさ話」といったような意味であるが、それに付いている形容詞 fabuleuse (fabuleux の女性形) は、訳すのがじつにむずかしい。仏和辞典では「想像を絶する」、「奇想天外な」、「空想の」といった訳語が当てられているが、仏々辞典 (Le Petit Robert) では invraisemblable, quoique réel (現実のことだが、本当らしくない) という語義が示されており、ここではそれに近い意味で使われているように思われる。

じっさい、本書で語られているのは、ごく平凡な日常世界に起きる、にわかには信じがたい出来事である。しかし「信じがたい」、「謎めいている」とはいえ、神秘とか幻想と言っては大げさになってしまうような、日常世界の論理をわずかばかり逸脱した出来事といったところだろうか。一見何の変哲もないと思われている日常世界にも、よくよく観察してみれば、にわかに信じがたいような小さな謎がほとんど無数にひそんでいる。そうした謎とは、いわば日常世界にうがたれた穴であり、その穴を通して、私たちは〈彼方〉を垣間見ることができる。そして、その〈彼方〉にこそ人生の真実はあるのだ。ドーテルの他の小説の主人公たちと同様に、本書の登場人物もまた、ふとした偶然から、日常世界にひそむそうした謎に触れることによって、〈彼方〉を垣間見てしまう。そして、その〈彼方〉にこそ人生の真実があると信じるからこそ、日常世界の論理から逸脱した、ある意味で支離滅裂でナンセンスとしか思われないような冒険に彼らは乗り出していくのである。

ところで、日常世界の論理や価値観の本質とは、人間の自己中心主義というものにほかならないだろう。自分の身の安全を守る、生活を居心地のよいものにする、さらには自分の存在を確実なものにすべく、富、権力、地位、名誉などを追及する。人間社会というものも、各人のそうした自己中心的欲望に折り合いをつけると同時に、そうした欲望を相互に最大限に満たし合うべく形成されたシステムにほかならない。

このように、一見するところ、人間の欲望を最大限に満たすべく形成されているはずの日常世界＝人間社会から、ドーテルの登場人物たちはどうして逃れようとするのだろうか。それは、先にも見た通り、彼らはそうした日常世界＝人間社会の〈彼方〉にこそ人生の真実はあると直観したからである。言い換えれば、人間には日常世界＝人間社会からはみ出してしまう部分があるのであって、しかもそのはみ出してしまう部分にこそ、人生の真実があるのだ。だからこそ、日常世界＝人間社会がいかに安全快適であっても、人間はけっしてそこに安住することはできない。そこに安住してしまうことは、いわば生きながら死んでしまうことを意味する。それは、呼吸しなければ、つまり自分の外にある空気を取り入れなければ、窒息してしまうのにも似ている。

人間が真に生きるためには、日常世界＝人間社会という閉域から脱出し、〈外部〉に触れることが必要である。というのも、人間はもともと〈外部〉に根を下ろし、そこからみずからの生命を汲み上げている存在なのである。その〈外部〉は、人間の目には見えないし、意識することもほとんどできないのだが、しかしそれは、この世界のほとんど誰も気づかないような片隅に、ささやかな出来事や何の変哲もない事物の背後に、ひっそりと隠れているのである。
ドーテルはつぎのように述べている。

詩人は驚きを感じる。一瞬の光やほんのささやかな出来事のもたらす驚き。しかし詩人の本質的冒険とは、その驚きというものが気まぐれや夢想によってもたらされるのではなく、ひとつの洞察力、極度に集中した注意力、たとえばキノコをじっくり観察するときのような細心の注意力によってもたらされるということである。そして驚きが生まれるやいなや――その驚きがいかにささやかなものであろうと、つまりそれがわずか一瞬のこと、何かが消え去ったあとの痕跡、かすかな反映でしかないとしても――そこにひとつの道が開かれるのだ。

＊

訳者がアンドレ・ドーテルを知ったのは学生時代のこと、仏文の先輩で今は亡き勝野良一さんに教えていただいた。それ以来、ずっとドーテルの小説を読み続けているが、今にいたるまで、つねに変わらず最愛の作家であり続けている。訳者にとって、ドーテルを読んでいるときほどに、のびやかな解放感を味わい、純粋な幸福感に浸れることはほかになく、彼の新しい作品を手にするたびに、フランス語をやっておいてよかったとつくづく思う。そんなふうにして少しずつ集めたドーテルの作品は六十冊以上にもなり、今では彼が出版した本はほとんどすべて手元にある。愛書狂などとはおよそ縁のない訳者にとって、これは唯一自慢できる蔵書ということになるかもしれない。

彼の作品を翻訳し、出版したいという願いをずっと持ち続けてきたが、この歳になって、ようやくその念願が叶った。出版をお引き受け下さった舷燈社の故柏田崇史氏、柏田氏を引き継いで丁寧に編集作業をしてくださった奥様の幸子氏に厚く感謝申し上げたい。

なお、表紙カットは、訳者の教え子でイラストレーターのことなさん（小島麻子さん）に描いていただいた。彼女にもお礼申し上げたい。

二〇一七年三月

武藤剛史

原著者略歴

アンドレ・ドーテル（André Dhôtel）

1900年、フランス北東部、アルデンヌ県アティニーに生まれる。長年高校の哲学教師を勤めながら創作活動を続け、作家としてのデビューはかなり遅かったが、1991年に亡くなるまで、60冊あまりの小説、詩、子供向けの物語、さらには同郷の詩人ランボーに関するエッセーなどを書き続けた。1974年にはアカデミー・フランセーズ文学大賞、1975年には国家文学賞を受賞。代表作として、1955年にフェミナ賞を受賞した『誰もたどり着けない国』（邦訳タイトル『遥かなる旅路』)、『どこにも』、『荒野の太陽』、『アトリの僧院』、『未知なる街道』、『奇妙な谷間』などの小説、『聖ブノワ・ジョゼフ・ラーブル』、『小説ジャン＝ジャック』などの評伝がある。

訳者略歴

武藤剛史（むとう　たけし）

1948年生まれ。京都大学大学院博士課程中退。フランス文学専攻。現在、共立女子大学文芸学部教授。主要著訳書に、『プルースト　瞬間と永遠』（洋泉社)、『印象・私・世界―《失われた時を求めて》の原母体』（水声社)、アニー・パラディ『モーツァルト　魔法のオペラ』(白水社)、ジャン＝ヴィクトル・オカール『比類なきモーツァルト』（白水Uブックス)、エリック・シブリン『無伴奏チェロ組曲』（白水社)、ミシェル・アンリ『キリストの言葉』（白水社)、ピエール・ラビ『良心的抵抗への呼びかけ』（四明書院)、ミシェル・ロクベール『異端カタリ派の歴史』（講談社選書メチエ)、ミシェル・フイエ『キリスト教シンボル事典』、マリナ・フェレッティ『印象派〔新版〕』、パトリック・ドゥムイ『大聖堂』（以上、白水社文庫クセジュ）などがある。

夜明けの汽車 その他の物語

二〇一七年五月二〇日発行

著　者――アンドレ・ドーテル
訳　者――武藤　剛史
発行者――柏田　崇史
発行所――舷燈社

東京都豊島区千早一―二〇―一三　〒171-0044　電話〇三（三九五九）六九九四
振替〇〇一六〇―〇―一三六七六
印刷所――アクセス＋平河工業社
製本所――日進堂製本

ISBN 978-4-87782-141-8　C0097